PROPOSTAS DE ANÁLISES TEXTUAIS

ANA MARIA URBANO
Prof.ª da Escola do Magistério
Primário de Lisboa

PROPOSTAS DE ANÁLISES TEXTUAIS

Aplicadas a
«ERA UM DESCONHECIDO»
«RESPOSTA A MATILDE», de
Fernando Namora

Apresentação de FERNANDO NAMORA

LIVRARIA ALMEDINA
COIMBRA — 1982

Direitos reservados para todos os países de língua portuguesa pela
LIVRARIA ALMEDINA — COIMBRA — Portugal

Toda a reprodução desta obra, seja por fotocópia ou outro qualquer processo, sem prévia autorização escrita do Editor, é ilícita e passível de procedimento judicial contra o infractor.

APRESENTAÇÃO

Creio que será sempre com um sentimento de perplexidade, de estranheza, e até de pudor violentado, que um autor se vê posto numa mesa anatómica, com as tripas de fora. Por muito racionalizável que seja a criação literária (os computadores já nos disseram que sim) e, por conseguinte, redutível a abordagens, esquemas e interpretações perfeitamente codificados, resta no entanto uma larguíssima margem para o que nela, forçosamente e singularmente, existe de alquimia secreta, que, desenrolando-se sob os nossos olhos, deles se esconde quase por magia. Daí, talvez, que o escritor mostre sincera surpresa quando os «outros», os leitores, que são o complemento inseparável do acto literário, lhe desvelam, às vezes com impiedosa e desmistificadora minúcia, o mecanismo interno dessa criação, os seus ínvios mas inelutáveis objectivos, os seus disfarces, os seus sortilégios e os seus dramáticos equívocos. Uma radiografia só pode mostrar o que é depois de revelada; acontece o mesmo (ou em boa parte) com as obras literárias: só a leitura as justifica e só a leitura, portanto, lhes dá o entendimento de si próprias. É vulgaríssimo que o escritor tenha de esperar pela reacção dos leitores (ou de «certos» leitores, aqueles mais sensíveis e participantes) para encontrar o porquê daquilo que, para ele e até aí, era intrigante obscuridade.

Ora, se se trata de uma leitura cientificada, como é o caso das análises feitas, segundo pautas rigorosas, pela autora deste volume e seus discentes, mais a perturbação se acentua, pois a sondagem, por ser tão funda e concreta, menos espaço deixa ao que poderíamos chamar a privacidade subjectiva de um texto até então só superficialmente penetrado. Foi, pois, com grande perturbação que o li, perturbação aliás libertadora, visto que, nesse progressivo desmontar de uma relojoaria complexa, me fui vendo distanciado daquilo que funcionara num clima intelectual com ingredientes possessivos.

É evidente que um escritor não tem que concordar ou discordar dos métodos utilizados na decifração dos seus textos nem dos resultados a que esses métodos chegaram. Por um lado, nenhuma obra se esgota numa leitura, e nisso reside a sua fecundidade, por outro, o escritor bem sabe ou deve saber que ele deixa de influenciar o destino do que criou no dia em que o pôs nas mãos do destinatário. Dizendo de outro modo: o escritor é desde esse primeiro dia sujeito à prova de ser julgado sem que lhe caiba interceder no processo — competindo-lhe, assim, um lugar de testemunha cujo papel é apenas de estar presente e não o de abonador ou desabonador do que verdadeiramente o pôs em causa: a obra realizada.

Um outro ponto a propósito, ou a despropósito: também vou tendo as minhas dúvidas sobre a distinção entre o texto que se escreve a si mesmo, descobrindo-se em cada página, a que fomos dando um atributo de modernidade, e aquele que resulta de um laborioso plano prévio, donde, pois, logo se arredou a contribuição acentuadamente inventiva, e até decisiva, da escrita. Ainda há pouco Lawrence Durrell nos lembrava esta frase de Giono: «O meu livro está acabado na minha cabeça, falta-me só escrevê-lo», enquanto que para ele, Durrell, um livro «é como uma criança a nascer, da qual eu não posso prever a cor dos olhos». Se houvesse, de facto, estas duas bem demarcadas famílias de escritores, eu colocar-me-ia do lado de Durrell, e em particular tendo em conta como se deu a gestação de Resposta a Matilde. *Mas eu desconfio dessa demarcação: a lógica interna de um texto, que se sobrepõe, passo a passo, às «directivas» de um projecto, tanto pode enredar-se e desenredar-se na «cabeça» do autor, à medida que o livro se faz imaginando-o, como através das palavras que vão preenchendo o deserto branco do papel. Essas palavras têm de ser habitadas ou, de contrário, apenas serão signos neutros — e essa «habitação» pode muito bem antecipar-se à autonomia fertilizada e fertilizante da escrita.*

Enfim: tudo isto cogitações um tanto desconexas, de um leigo na matéria (um escritor não tem que ser perito nestas coisas — eventualmente, até pode resultar útil que o não seja), tendo como ponto de partida a cuidada proposta da Dr.ª Ana Maria Urbano.

Por último, e sem deixar de assinalar a vasta informação e o empenho da autora deste volume, o escritor confessa que, para ele, não existem boas nem más abordagens literárias: todas elas, tanto como as obras analisadas, se justificam pela atmosfera do tempo que as gerou. Não é por acaso, pois, que uma época prefere a leitura impressionista e outra, por exemplo, a leitura estruturalista. O que importa é que, seja qual for a perspectivação, esta não faça do texto um mero pretexto e que sobre ele não possa exercer uma tutela castradora e cerrada. Um dos riscos da chamada nova crítica tem sido esse: o deleite narcisista na sua incontida infalibilidade, perante o qual o texto, às vezes, até se sente intruso. O risco não será para a crítica em si mesma, mas para a literatura que por ela se deixa envolver.

Fernando Namora

INTRODUÇÃO

CAP. I

ANTECEDENTES DOS ESTUDOS LINGUÍSTICOS
LIGADOS À LITERATURA

Ao vermos as fases por que o estudo das línguas tem passado, desde a Antiguidade até se atingir o ano de 1906, quando Ferdinand de Saussure começou a ensinar aos seus alunos as novas teorias linguísticas (posteriormente publicadas — 1916 — sob o título «Cours de Linguistique Générale»), parece-nos que houve apenas um pequeno passo até que estas entrassem nos vedados caminhos da Literatura.

Efectivamente, a vocação da linguística circunscreve-se à frase, consentindo a Literatura o seu lugar tradicional de liberdade coartada apenas pela existência de géneros e escolas. Mas hoje, principalmente depois que Barthes, entre outros, considerou frase todo o discurso narrativo, a conjunção linguística-literatura apresenta-se como perfeitamente natural. E até já se descobriu que era isso mesmo que se poderia ler nas linhas ou entre-linhas de Saussure. Afinal a extensão não era difícil: a literatura, como técnica de linguagem, voltava-se para a teoria da linguagem. Ou vice-versa.

O estudo da narrativa ascende a Aristóteles e ocupou sempre uma boa parte das Poéticas clássicas, que mais não fosse no ramo da epopeia.

Houve, ainda antes de Saussure, pois remontam ao século passado, tentativas de aproximar a linguística da literatura.

Estas tentativas começaram com o estudo da estilística, mas ficaram isoladas, pois não encontraram eco nos seus contemporâneos.

O conceito de estilística nasceu na Alemanha, provavelmente com Warckermagel e von der Gabelentz (1873, 1875). «A ideia de estudar cientificamente as propriedades expressivas da linguagem, as suas fontes para traduzir a afectividade do emissor e provocar a dos receptores (compreendendo a emoção estética) foi claramente apresentada ao público (...) pelo «Traité de stylistique» de Charles Bally nos anos de 1900» (Georges Mounin, «La littérature et ses téchnocraties», pág. 35).

Aliás, quase tão antigos como a linguística, conforme a entendeu Saussure, são o 'New Criticism' anglo-saxónico (Inglaterra e Estados Unidos), que ascende aos anos 20, o formalismo russo que apareceu entre 1915 e 1935 embora só se viesse a conhecer no Ocidente em 1955, e, um pouco mais recente, a 'escola morfológica alemã', que se desenvolveu entre 1925 e 1955.

Vejamos rapidamente qual o objecto destas três escolas, deixando o formalismo russo para o fim, porque foi, talvez, a que mais influenciou as modernas abordagens linguísticas da Literatura.

O 'New Criticism' tomou, num tempo relativamente recente, uma dimensão que os primeiros estudos não fariam supor, visto que, inicialmente, se ocupavam apenas da crítica literária. Autores com Richards ou Empson, além de se ocuparem de problemas estilísticos, trataram também do sentido das palavras, a que chamaram 'fundamental' (das palavras isoladas) e 'contextual' (das palavras inseridas num contexto). Empson serviu-se da oposição 'sujeito-predicado' e da capacidade de uma frase poder ou não ser substituída por outra na sua totalidade ou em parte, guardando o mesmo sentido contextual.

A 'escola morfológica' alemã apareceu, como disse, ligeiramente mais tarde. Ocupou-se principalmente das 'formas' do discurso literário e dos géneros dos escritores, indiferente ao seu estilo. Nasceu numa continuação dos escritos de

Goethe sobre a literatura e mostrou uma certa recusa em face do historicismo, sob a influência sobretudo de Vossler. Os estudos mais importantes são os de André Jolles sobre os 'géneros elementares' (lenda, mito, enigma, amor, caso de consciência, provérbio, etc.) e os de Walzel sobre os 'registos da palavra' em que se ocupa, por exemplo, do estilo indirecto livre ou da narração objectiva. Não se pode esquecer igualmente o estudo sobre a temporalidade de Müller. Mas Wolfgang Kayser fez uma síntese de todas estas investigações, deslocando-lhes o acento para a leitura 'imanente' de cada obra de arte, isto é, leitura do texto, feita a abstracção de toda a informação exterior a esse texto, dando um grande relevo à matéria verbal do texto literário, a que se vem ligar a obra de Harald Weinreich. Não se pode confundir a 'escola morfológica alemã' com um investigador ligeiramente mais antigo e seu contemporâneo: Leo Spitzer, que foi, depois de Bally, um dos grandes iniciadores da estilística moderna. Igualmente, mas por outras razões, não se incluem nesta escola os estudos de Émile Staiger, que fez uma interpretação temporal dos géneros com a seguinte relação: lírico-presente, épico-passado; dramático-futuro.

Como disse, deixei para o fim o aparecimento entre 1915 e 1935 do 'formalismo russo', com uma dezena de investigadores de Leninegrado e de Moscovo.

A designação de 'formalismo' deriva de 'forma' na sua noção dinâmica, em oposição à ideia tradicional de elemento formal, passando a ver-se a obra literária como um sistema de 'signos', fazendo desaparecer a dicotomia forma-conteúdo, uma vez que, nas suas pesquisas (sistemas de signos) estas duas categorias se confundem.

Além do conceito de forma, que lhes deu nome, distinguiram-se por se dedicarem àquilo que a obra tem de especificamente literário: a literariedade, ficando célebre a frase de Jakobson — «estudar a literariedade e não a literatura».

Assim, pois, para Jakobson «o objecto da ciência literária não é a literatura, mas a literariedade, ou seja, aquilo que faz determinada obra uma obra literária» (citado por Todorov, in «Poética da prosa», pág. 12), ou ainda «a propriedade abstracta que constitui a singularidade do objecto literário». O conceito de literariedade foi facilmente adoptado pelos investigadores que se seguiram, adaptando-o, por vezes, à sua própria visão, como o fazem Daniel Délas e Jacques Filliolet, em «Linguística e Poética»: Perguntando-se se «é possível reconstruir a retórica a uma teoria de figuras sobre as bases da linguística», acham que a questão remete ao mesmo tempo para o problema da literariedade e do desvio à norma, entendendo a 'literariedade como um uso singular da linguagem' (pág. 22). Os mesmos autores, a propósito de Jakobson não ter feito a distinção entre poeticidade e literariedade citam Michel Riffaterre, que «ampliou o conceito falando em função formal ou estilística para propor a definição da literariedade de 'uma frase' a partir de três condições: 1) 'subdeterminação': as relações entre os elementos da frase são subdeterminadas por decalque intertextual, polarização semântica ou actualização de um sistema descritivo; 2) 'conversão': a frase literária é uma unidade, cujos elementos significantes, todos, são afectados pela modificação de um só factor; 3) 'expansão': o engendramento efectua-se pela transformação de uma motivação implícita em motivação explícita.

Os autores censuram, porém, esta maneira de interpretar Jakobson: «Raciocinando sobre uma frase como o faria sobre um texto, é-lhe facultado fazer uso de Jakobson, mas isso não é possível senão pela segmentação»... «A literariedade está ligada a mecanismos que o leitor percebe, porque são codificados numa forma». Acham ainda que isto se deve à recusa de Jakobson em separar poeticidade de literariedade: «Por que então, recusar a distinção poeticidade-literariedade? Por um desejo — vão, a nossos olhos — de preservar a unidade do literário: aquilo que se diz do literário deve valer para o poético e vice-versa» (pág. 53). Na página 144 afirmam que a «poeticidade não tem, para eles, a mesma extensão de literariedade».

Visto que falámos em literariedade, de que aconselhei a interpretação mais clara de Todorov, falámos também em 'legibilidade'», menos tratada pelos investigadores e que definimos, simplesmente, como «a capacidade que um texto tem para ser lido e legível ou entendido», pelos mais diversos públicos.

O dicionário de linguística de Jean Dubois e outros dá o seguinte significado a legibilidade, depois de dizer que é uma noção recebida da psicologia: «A legibilidade de um texto é medida por comparação com outros textos conforme métodos utilizados em análise de conteúdo: toma-se um indivíduo (ou um grupo de indivíduos considerado homogéneo); propõe--se-lhe(s) restituir nos textos palavras que foram suprimidas. Os textos nos quais o número de palavras restituídas, sem erro, for o mais elevado serão os mais legíveis.»

Claude Lévi-Strauss ocupou-se da legibilidade dos textos, relacionando-a sobretudo com a semântica, não só interpretando a enunciação do texto, mas separando-os em sequências articuladas na narrativa.

Os formalistas vão, pois, investigar não a obra individual no seu ideário socio-político, religioso ou puramente fictício, mas as estruturas da narrativa, a estilística, o ritmo e até a expressão sonora, sem esquecer a evolução temporal e até mesmo a ideologia, que se propunham pôr de parte, considerando, neste aspecto, as relações socio-literárias. Ocupam-se de tudo o que se relaciona com a literariedade, a história da literatura e até com a fonologia, entre outros temas.

Continuando a falar dos formalistas, Tomachevsky e Tynianov definem o objecto da História da Literatura. Tomachevski ocupa-se ainda da unidade mínima do texto, que considera ser a proposição. Chlovski fala do trabalho das escolas literárias e da História da Literatura, de uma maneira metafórica, fora do comum. Jakobson tem opiniões sobre tudo, desde as relações sintagmáticas e paradigmáticas, às relações entre autor-leitor, a propósito do 'realismo', à fonologia, às funções da linguagem, definindo-as quase do mesmo modo por que hoje as ensinamos, com uma diferença, que vemos a seguir:

Função Denotativa ou Referencial (diz respeito à mensagem);

Função Expressiva ou Emotiva (centra-se no emissor e na sua atitude, em relação à mensagem);

Função Conativa (a que chamamos hoje apelativa — situa-se no receptor e na sua atitude em relação à mensagem transmitida pelo emissor);

Função Fática (que prolonga a mensagem ou por necessidade: «está, estás a ouvir?» ou por dificuldade de expressão: «pois, sim, certamente, evidentemente», expressões que 'povoam' a mensagem; ou porque o emissor 'precisa' de manter uma conversa);

Função Metalinguística (centra-se no código — o código do emissor pode ser diferente do do receptor, ou falar ou escrever por escrever noutra língua, ou por usar uma linguagem mais difícil, que é preciso descodificar, ao nível do receptor).

Não se pode falar em formalismo sem falar no Círculo Linguístico de Praga, uma das primeiras escolas de linguística estrutural.

A relação entre os formalistas e o Círculo de Praga foi feita quer por formalistas que participaram nos dois grupos, como Jakobson e Tomachevski, quer pelas publicações dos segundos que, embora não tendo sido, na altura, conhecidos da Europa Ocidental, foram conhecidas em Praga. Diz, apesar disso, Todorov (in 'Poética da prosa'): «Seria exagerado afirmar que o estruturalismo linguístico seguiu as pegadas do Formalismo, porque os campos de estudo e os objectos das duas escolas não são os mesmos: encontram-se, no entanto, nos estruturalistas as marcas de uma influência dos formalistas, tanto nos princípios gerais como em certas técnicas de análise» (pág. 11). «Os formalistas russos são fortemente anti-positivistas e demasiado eruditos e científicos nas suas análises.

Nota: Para um melhor conhecimento da influência que os formalistas e os estruturalistas linguísticos tiveram nos estudos actuais, aconselho a ler sobretudo o primeiro capítulo da 'Poética na prosa' de T. Todorov.

Ocupar-me-ei, no entanto, mais demoradamente, com Propp, pela influência que teve nas análises estruturais, mas principalmente nas análises semióticas e actanciais de Etienne Souriau e de A. Julien Greimas.

Vladimir Propp, além de se debruçar, entre outras coisas, sobre a unidade mínima de significação, que considera a palavra, ficou conhecido, juntamente com Jakobson, como um dos mais completos formalistas. Partindo da análise do conto tradicional, sobre o qual escreveu a «Morfologia do conto», delimitou sete personagens-tipo, correspondendo a uma tipologia mítica: o Bom e o Mau. Esta tipologia limita a Personagem à sua função na narrativa e tem sido utilizada modernamente por narradores que não chegam a dar um nome à sua personagem (como acontece por exemplo em muitos escritores do 'nouveau-roman').

Propp define trinta e uma funções no conto (que acaba pelo casamento do herói com a princesa, e sua subida ao trono, depois de inúmeras peripécias, em que intervêm desde objectos mágicos e ajuda de seres irreais ao aparecimento de um falso herói que é desmascarado e castigado. O Bom vence o Mau).

Esquematizou estas funções nas personagens-tipo que as sofrem ou realizam.

Já Tomachevski e Chkloviski tinham reduzido as personagens e de uma maneira mais radical que Propp. Mas a classificação deste ficou mais conhecida e inspirou outros investigadores, mais modernos.

Ainda que o nosso estudo só se aplique às funções enquanto funções e não às personagens que as cumprem nem aos objectos que as sofrem, não deixaremos, no entanto, de examinar o seguinte problema: como é que as funções se repartem entre as personagens?... *poderemos indicar que numerosas funções se agrupam logicamente segundo certas esferas.* Estas esferas correspondem às personagens que cumprem as funções. São as esferas de acção. Encontram-se no conto as seguintes esferas de acção:

1) A esfera de acção do AGRESSOR (ou do 'mau'). Compreende a malfeitoria, o combate com o herói e outras formas de luta, como a perseguição.

2) A esfera de acção do DOADOR (ou provedor). Compreende a preparação da transmissão do objecto mágico e põe o objecto mágico à disposição do herói.

3) A esfera de acção do AUXILIAR compreende: a deslocação do herói no espaço, a reparação da malfeitoria ou da falta, o socorro durante a perseguição, o cumprimento de tarefas difíceis, a transfiguração do herói.

4) A esfera de acção da PRINCESA (da personagem procurada) e de seu PAI. Compreende: o pedido para cumprimento de tarefas difíceis, a imposição de uma marca, a descoberta do herói, o reconhecimento do verdadeiro herói, a punição do segundo agressor, o casamento.

5) A esfera de acção do MANDATÁRIO. Compreende só o envio do herói.

6) A esfera de acção do HERÓI compreende também: a partida para a demanda, a reacção às exigências do doador, o casamento.

7) A esfera de acção do FALSO HERÓI compreende também a partida para a demanda, a reacção às exigências do doador, sempre negativas e, enquanto função específica, as pretensões mentirosas» («Morfologia do conto», pp. 127 e 128).

Em 1950 no seu livro «Les deux cent milles situations dramatiques» Etienne Souriau reduz a seis o número de forças ou de funções susceptíveis de se combinarem: o «protagonista», o «antagonista», o «objecto» (desejado ou temido), o «destinador», o «destinatário», o «adjuvante».

O PROTAGONISTA age ou por um desejo (amor, ciúme, vingança, etc.), ou até por que precisa de se afirmar ou ainda por receio.

O ANTAGONISTA nasce da necessidade de conflito, de desenvolvimento de acção. Souriau chamou-lhe a força 'opositora'.

O OBJECTO (desejado ou temido) chamado por Souriau a representação do valor, representa o objecto do desejo ou do receio.

O DESTINADOR é toda a personagem que pode exercer influência sobre o destinatário. Esta função de destinador varia de importância, segundo influencia alguns ou todos os elementos da acção.

O DESTINATÁRIO é quem recebe o benefício da acção ou o seu prejuízo (se o objecto é temido). Poder-se-á confundir, às vezes, com o *protagonista*.

O ADJUVANTE é necessário para dar ajuda a uma das personagens.

Nota: Para um maior desenvolvimento consultar o *Universo do Romance*, no capítulo 'Personagens' (págs. 214 e segs.).

Recentemente, Greimas fez uma síntese das duas análises, introduzindo a noção de *actante* — pura função sintáctica, equivalente a sujeito (donde a análise actancial 'greimasiana').

Os seus actantes são: o Sujeito-herói, o Objecto-valor, o Destinador, o Destinatário, o Opositor-traidor e o Adjuvante.

As funções que desempenham estas personagens resume-as Greimas ('Communications-8'): «a economia geral da narrativa corresponde à 'decepção do poder' e à punição do traidor: o possuidor encontra-se privado, pelo comportamento deceptivo do antagonista, de um objecto mágico (não natural) que lhe conferia um certo poder. O sujeito 'frustrado' não o pode recuperar a não ser que o traidor seja inicialmente 'reconhecido' e 'punido'.

Falámos em 'função'. Vejamos o que a palavra significa para Todorov: O termo 'função' começou por se aplicar ao estudo da sintaxe. «A partir da Antiguidade, destacaram-se duas funções: *sujeito* (para se indicar o objecto de que se fala) e o *predicado* (para afirmar qualquer coisa sobre ele).» Mais tarde vieram-se juntar as noções de complementos (na 'Encyclopédie' do séc. XVIII). «As palavras estão ligadas umas às outras na medida em que algumas estão lá para 'completar' o sentido, lacuna em si mesmo, de algumas ou outras. Daí a distinção de duas espécies de 'complementos': 'complementos de relação', quando a palavra ligada ao complemento encerra em si a ideia de uma relação, e a palavra complemento designa essa relação ('o autor dos Maias', 'a mãe de Camões', 'necessário à vida'); 'complementos de determinação' quando o complemento apenas precisa aquilo que, na palavra ligada ao complemento, fica determinado — se alguém come, come qualquer coisa, numa determinada altura, num determinado lugar, etc., e cada tipo de determinação deste género torna possível um tipo particular de complemento (directo, de lugar, de tempo, etc.). ('Dicionário das Ciências da Linguagem', págs. 258 e 259).

Os estudos da literatura ligados à linguística e, no caso presente, ao conto tradicional russo, fez com que Propp desse um novo sentido à função (sem que o primeiro se perdesse): «As funções representam os elementos fundamentais do conto, de que é formada a acção...» ('Morfologia do conto', pág. 117).

Para R. Barthes, «a função é evidentemente, do ponto de vista linguístico, uma unidade de conteúdo» ('Communications-8', pág. 29), retomando o conceito de Propp. E explica, na mesma linha de ideias, mas já adaptada à sua 'análise': «as funções serão representadas ora por unidades superiores à frase (grupos de frases de tamanhos diversos, até à obra no seu todo) ou inferiores (o sintagma, a palavra e, mesmo na palavra, somente certos elementos literários)» — pág. 30.

De todas estas escolas que, como disse, podemos classificar como contemporâneas dos estudos saussureanos, aquela que está, pois, ainda hoje mais viva é a dos formalistas, pelas influências que teve nos estudos actuais.

Foram eles que mais influenciaram o estruturalismo francês, cuja evolução, ou sequer aparecimento, foi impedido pelo historicismo e até pelo impressionismo jornalístico, que abafaram os estudos de Valéry sobre a Poética, que começam hoje a ser conhecidos pelos esforços de investigadores recentes, como Roland Barthes, que têm citado e dado o devido valor à sua obra. A verdade é que só a partir de 1960 começaram a aparecer as primeiras tentativas de análise estrutural, influenciadas mais directamente por Lévi-Strauss, Jakobson e Beneviste. À análise estrutural juntou-se a continuação dos estudos estilísticos e a renovação do interesse pelas figuras de retórica.

Desde logo, Barthes ficou, indefectivelmente, ligado ao estruturalismo, assim como Greimas à análise actancial.

Mas, quer ocupando-se do aspecto lógico, como Claude Bremond, quer do aspecto 'linguístico', como Lévi-Strauss e A. Julien Greimas (descobrindo as oposições paradigmáticas nas funções), sob o aspecto das 'acções' (ou personagens), segundo modelo de Tzvetan Todorov, quer na citada análise estrutural de Barthes, os linguistas têm analisado, esmiuçado, dissecado a obra literária.

Sucedem-se, com efeito, as análises e cada uma tem os seus termos próprios, saídos da mente do investigador, ligada àquilo que quer dizer, adaptados das escolas saussureana, neo-criticista, formalista ou morfológica, ou até de outras ciências, ou buscadas ao próprio Aristóteles, o iniciador desta Poética e, poderíamos dizê-lo, o responsável pelas sucessivas interpretações que esta palavra tem tido até aos nossos dias.

Esta terminologia específica e muito diversificada leva a uma linguagem especial, que se caracteriza muitas vezes pelo seu hermetismo.

CAP. II

A INTENÇÃO DESTE TRABALHO

A verdade é que os nossos professores, na sua maior parte, não tiveram na Universidade qualquer preparação linguística, mas filológico-comparatista da palavra ou da frase. E vêem-se agora obrigados a cumprir programas que, neles próprios, são, frequentemente, autênticas charadas. Como fazer?
 Comprar à pressa livros e livros, indicados na bibliografia do programa sem qualquer cuidado de selecção, dos mais acessíveis até aos mais herméticos? Alguns procuram actualizar-se por si próprios, quer pedindo uma bibliografia correcta a professores universitários ou a colegas que já tiveram preparação académica linguística, quer mesmo frequentando algumas cadeiras na Universidade, pois que os colóquios são pouco esclarecedores e os cursos (tão pouco divulgados e aceitando um número reduzidíssimo de inscrições) são raros e, quando os há, pouco compatíveis com os pesados 'curricula' escolares.
 Para quando essa reciclagem, feita com desconto de horas semanais, que não seriam uma perda (há tantos jovens a licenciar-se todos os anos, à procura de emprego!), mas um benefício muito grande para o ensino actualizado?
 É certo que George Mounin diz: «reduzindo a literatura às suas técnicas-formalismos, estruturalismos 'superficiais' em

todos os géneros — (os escritores) não sentem que são condicionados, que são indelevelmente da 'época'... Confundem produção, ou construção, ou estruturação, com criação»... Propõem-nos a contemplação das tecnologias 'fabricantes', enquanto que a literatua visa criar objectos que produzem em nós emoções» (in *op. cit.*, pp. 7 e 8).

É muito natural que estas análises, com a sua terminologia nova (ou renovada) e variável, vão ficando 'velhas' e vão sendo ultrapassadas por outras mais recentes.

E também Mounin tem razão: é difícil que uma obra literária resista a uma série de dissecações inibidoras para os alunos que deixam de apreciar a beleza literária para detestarem a obra que têm de estudar. Mas não é porque a análise é estrutural, ou actancial, ou outras. O antigo processo de quadricular 'Os Lusíadas' em orações, assim como qualquer outra obra que foi escrita para comunicar e não para quebrar o canal de comunicação com o aluno, com excessos de análises é, sem dúvida, muito pior.

Como dissemos os próprios investigadores não têm grandes perspectivas sobre a duração das suas análises, como poderemos ver numa breve passagem do «Après propos» das *Figures III* de Gérard Genette:

«Penso, espero que toda esta terminologia, seguramente bárbara para os amadores das 'belas letras' — prolepses, analepses, iterativo, focalizações, paralipses, metadiegética, etc. — parecerá dentro em pouco rústica e irá juntar-se a outras embalagens perdidas nas descargas da poética; desejamos, somente, que não desapareça sem ter tido a sua utilidade transitória» (pág. 269).

Nota:
Como não gosto de fazer citações sem dizer o que os termos usados significam, explico a seguir os menos usuais de Genette:
Prolepse: quando a narrativa conta ou evoca um posterior (ex.: em «Era um Desconhecido» as respostas da Snra. Maria ao inspector).
Analepse: toda a evocação de factos anteriores à história (ex.: na mesma obra, a catálise da adolescência e do explicador).
Iterativo (a nível narrativo, pois encontramos em Todorov um outro sentido): contar de uma só vez vários acontecimentos

ligados entre si (ex.: em vez de dizer «eu vou jantar ao restaurante e tu vais jantar ao restaurante», o que seria uma narração 'repetitiva', dizer «vamos jantar ao restanrante»).

Focalizações, que se subdividem em três: focalização *interna*, que pode ser 'fixa' quando o narrador, ou o leitor, se fixam numa visão dada por uma personagem (ex.: na mesma estória, Manuela é 'vista' principalmente por Arnaldo), ou 'variável', quando o narrador focaliza uma personagem e depois outra, levando o narratário a não saber bem qual é a principal (ex.: quase até ao final da estória a narrativa focaliza Arnaldo; no penúltimo e último capítulos, focaliza Daniel); focalização *externa*, em que o narrador não focaliza voluntariamente determinada ou determinadas personagens (ex.: usada nos romances policiais, de espionagem ou de aventuras para criar 'suspense' e desviar a atenção do leitor); focalização *zero* ou *não focalização* (própria da narrativa clássica, quando não há qualquer focalização especial).

Paralipse: quando o discurso passa ao lado de qualquer dado importante (ex.: usa-se nos romances policiais ou de aventuras para desviar a atenção e criar 'suspense').

Metadiegese: uma diegese dentro de outra diegese (ex.: em «Era um Desconhecido», o pacto).

Paralepse (que considerei incluído no etc.): quando se dão mais informações que as necessárias (ex.: informações desnecessárias ao desenvolvimento da diegese para, nos romances de 'suspense', focalizar a(s) personagem(ns) errada(s) como suposta(s) culpada(s).

E há ainda todos os professores do ensino primário que tiveram uma preparação com muito menos exigências que aquelas que são agora exigidas, a nível de um bacharelato. Há o perigo de se criarem professores de primeira e de segunda. Por isso as Escolas do Magistério Primário estão a organizar cada vez mais cursos de Formação em exercício ou de Formação Contínua, que infelizmente são demasiado curtos para o que é necessário ensinar e, o que é pior, atingem um número muito pequeno de professores.

Nesses, muito especialmente, pensei. Por isso procurei usar uma linguagem coloquial, que torne agradável a leitura e consequente aprendizagem.

E que os nossos professores não digam: Se eles próprios julgam que o que fazem vai desaparecer, ou ser substituído, para quê perdermos tempo a estudar coisas efémeras? Isso é laborar num erro, pois, assim como não se pode esperar a última moda para comprar um vestido ou um fato, também se não vai esperar pela última palavra, para nos abrirmos aos sucessos das ciências e os ensinarmos aos nossos alunos. Tanto mais que o desenvolvimento actual dos estudos linguísticos e literários não devem ser tão postos de parte, como pessimisticamente o vaticina Genette. Serão, sim, aumentados, reduzidos (no sentido de uma menor interpretação) e completados. É certo que existe uma falta de linguagem na linguística, por mais paradoxal que isso pareça (efectivamente, ainda se não fixou uma terminologia de aceitação universal). Por isso os linguistas empregam 'ad libitum' os termos que acham traduzir melhor a sua análise. E esses termos vão obrigar a um determinado tipo de linguagem que se torna hermética para os não iniciados. E até para os iniciados... os dicionários da ciência da linguagem de Todorov ou Dubois e outros esgotam rapidamente as edições.

Isso, como disse, não é razão para um desânimo, um 'pôr de lado' o que pareça mais difícil.

Ainda há pouco li, com o maior agrado, uma análise greimasiana do conto de Perrault «A bela adormecida», feita pelo Dr. Adriano Teixeira. Achei-a muito boa. O Autor não se perde em divagações fúteis, nem receia abordar o problema. E, no entanto, teve também a tal preparação universitária filológico-comparatista.

Há, no entanto, uma observação importante que devemos considerar: não sobrecarregar o aluno com termos e definições que ele não perceba e que irão transpor a natural aversão que tem pelas obras obrigatórias do programa, com as suas análises psicológicas, o velho hábito de dividir o texto em orações, o catalogar as intenções do narrador e das suas personagens, para os novos estudos linguísticos (veja-se com que agrado eles aprendem as funções e as sabem empregar).

O gosto pela leitura, que começou no início do século XIX e foi sempre aumentando até ao aparecimento da televisão, encontrou nesta uma concorrência muito grande, como maneira fácil de passar o serão. Também o gosto pelo bom romance foi substituído pelo da banda desenhada (de que ninguém deverá negar o valor, quando é de boa qualidade e há uma dualidade que se completa entre a imagem e a língua) ou pela literatura erótica e mesmo pornográfica.

Ora, é necessário aproveitar um certo interesse ascendente pela leitura (talvez decorrente da repetitividade e do baixo nível dos programas de televisão, do elevado preço da boa banda desenhada, da literatura erótica e pornográfica ter deixado de ser tabu, em parte), provocado pelo aparecimento de novos tipos de abordagem da literatura, seja ela romance, poesia ou até mesmo ensaio.

Cabe ao professor de português aproveitar este gosto nascente dos nossos jovens, não substituindo apenas processos antigos por análises novas, mas valorizando com estas a abordagem literária, de modo a que se aproveite e aumente o entusiasmo pela leitura de um bom romance e de um belo poema.

Como cabe ao escritor criar, ele também, novas abordagens que despertem o interesse do leitor-narratário.

No estudo da narrativa que fiz com os alunos do 1.º ano da Escola do Magistério Primário de Lisboa, provaram-me estes como tal objectivo não só é possível, mas também apaixonante.

É essa análise, a sua metodologia e o seu resultado, vistos em quatro tipos de abordagem diferentes, de três investigadores, que fizemos na aula ao 'divertimento' «Era um desconhecido» da «Resposta a Matilde», de Fernando Namora, que procuro transmitir. Tentei descodificar, simplificando, a metalíngua por vezes difícil dos linguistas estudados, da maneira que me pareceu mais facilmente abordável. São eles: Roland Barthes, Claude Bremond e Tzvetan Todorov, servindo-me principalmente das «Communications-8» (aconselho o original em francês, dada a deficiente tradução da edição brasileira).

Pensei num público ensinante, em particular aquele que não teve uma preparação académica nesta matéria (hoje obrigatória a este nível), e também num público estudante (donde sai o futuro docente) sem bibliografia acessível.

E procurei também amenizar a linguagem só informativa, usando, por vezes, uma linguagem emotiva ou apelativa, não com o fim de utilizar várias funções, menos usadas em obras didáticas, mas para transmitir, com maior agrado de leitura. Note-se, aliás, que utilizei a metodologia usada nas aulas que demos sobre o assunto e não um puro didactismo.

É evidente que não procurei esgotar, nem sequer aprofundar, exaustivamente, os problemas. Conto uma experiência que, pelo menos, julgo ter tido o mérito de abrir pistas para novos ou até os mesmos estudos com mais ou menos profundidade. Com uma grande preocupação: a de utilizar um nível de língua corrente, coloquial mesmo. Que se não busque, pois, o que não foi atingido, porque nem sequer foi procurado nem tão pouco pensado.

E tive a sorte de Fernando Namora ter acedido ao convite que lhe fizemos para uma entrevista, depois de terminadas as várias análises da sua estória ou divertimento.

CAP. III

O AUTOR E A OBRA ESCOLHIDA

Escritor muito considerado em Portugal e no estrangeiro, confesso o meu 'crime' de nunca ter apreciado de modo especial Fernando Namora. Proponho-me relê-lo com outros olhos. Afinal, se a visão do narrador muda segundo as suas vivências, o mesmo acontece com o narratário-leitor. Fernando Namora assim o reconheceu: «Um livro tem uma interpretação consoante a época e até o estado de espírito do leitor» (em entrevista citada à frente). No entanto, esta «Resposta a Matilde» foi uma revelação, principalmente o primeiro 'divertimento': «Era um desconhecido».

«Resposta a Matilde» reune cinco 'divertimentos', termo que o Autor foi buscar aos países anglo-saxónicos, principalmente à linguagem fílmica, que só têm a uni-los a invulgaridade da estória contada. São eles: «Era um desconhecido», «O parente da Austrália», «O guarda-chuva que não viajou», «Dois ovos ao fim da tarde», «O avião de Caracas» e «O Rio».

Às suas cinco estórias chamou, pois, Fernando Namora 'divertimentos'. Ora, a verdade é que, para os nossos hábitos, esta palavra resulta ambígua. Estamos habituados à distinção da narrativa literária fictícia em romance, novela ou conto e nem sempre é fácil fazer uma distinção clara, principalmente entre romance e novela. Ambos são em prosa, ambos são narrativos, ambos têm acção, intriga, personagens, mais ou menos descrição, diálogos.

O formalista russo Chklovski (citado por Todorov in 'Poética da prosa', pág. 23) diz: «O romance só se distingue da novela por uma maior complexidade». Eikhenbaum (citado igualmente por Todorov na mesma página) faz uma distinção diferente, ou, pelo menos, mais completa e centra-se no desenlace. «O final do romance é um momento de enfraquecimento e não de intensidade; o ponto culminante da acção principal deve estar algures, antes do final... Assim é natural que um final inesperado seja um fenómeno muito raro num romance... enquanto a novela tende precisamente para o inesperado do final, ponto culminante da intriga. No romance, uma certa vertente descendente deve suceder ao ponto culminante, enquanto na novela é mais natural a paragem no 'climax' atingido.»

«Era um desconhecido» satisfaria a definição do formalista russo, o mesmo acontecendo com «O Parente da Austrália». «Dois ovos ao Fim da Tarde» e «O Rio». Mas, Fernando Namora preferiu dar a todo o conjunto o nome de 'divertimento'. Do 'divertimento' ou da estória falámos, pois, sem uma catalogação em moldes mais clássicos. Veremos, aliás, qual o sentido dado a esta palavra, na entrevista narrada à frente.

Escolhemos «Era um desconhecido», não por ser a primeira estória e a maior, não pelo seu enredo, mas porque respondia a assuntos que já tínhamos tratado e discutido, na medida em que eu me interessava pelas novas abordagens do romance e as transmiti aos alunos.

Além disso, o divertimento pode considerar-se uma verdadeira obra de arte, distinguindo-se dos outros, não só por uma ironia mais subtil que o atravessa do começo ao fim, pela aparente facilidade com que é escrito, mas principalmente pelo ineditismo da chamada do narratário à diegese, para o tornar cúmplice do narrador no desenrolar da estória. Uma estória extravagante, contada numa linguagem quase sempre coloquial, respondendo a Matilde: «a literatura tem uma lógica, a vida tem outra». Ou... «mas as coisas inverosímeis onde acontecem é na vida». Foi essa «lógica da literatura», aliada às razões já invocadas, que veio responder igualmente à minha pergunta que se ia tornando ansiosa: Para cumprimento da alínea do programa, qual a obra completa que iria sugerir aos alunos deste primeiro ano, que me coube acompanhar na Escola do Magistério Primário de Lisboa? Não foi com certeza a piada da rádio comercial, que ouvi a propósito da Feira do Livro: «Quem comprar um 'pacotinho' de Almeida Faria, leva dois Namoras e mais um Virgílio Ferreira», mas as razões já ditas. Essa ouvi-a quando escrevia as razões da escolha de uma estória de um «escritor premiado». Nem foi o facto de ser premiado que me levou a essa escolha. É certo que foi por isso que me ofereceram o livro, de que li, sem interrupção, o «Era um Desconhecido». Foi uma revelação agradabilíssima, a que se juntou a qualidade de se prestar a uma análise estrutural, já que tinha reservado a actancial para outra obra.

Houve ainda uma outra razão que me levou a entusiasmar-me pelo divertimento e a estudá-lo com os alunos: o narrador, chamando à cumplicidade o narratário, que aproxima de si e de quem se aproxima, escrevendo com uma bem elaborada singeleza, ajuda a desmistificar o literário, tarefa que eu vinha realizando, quer em prosa quer em poesia. O aluno compreende, entusiasma-se com essa aparente facilidade de escrever com arte. E começa a achar que escrever vale a pena e até é divertido. Como pintar, como jogar: Juntam-se as palavras como se juntam tintas, como quem brinca. E descobre-se que é possível, e que não tem nada a ver com os seus hábitos de escrever desordenadas composições 'a metro'.

Há uma certa actividade lúdica que 'apetece' experimentar.

A diegese pode condensar-se assim: O narrador quer alterar a 'vida chatíssima' de Arnaldo, personagem que criou mimeticamente, pelas semelhanças que lhe encontrou com um seu antigo explicador. Escolhe para essa alteração, esse quebrar do charco estagnado da sua vida, Manucha, como lhe chamava o marido (casal que frequentava, e à mesma hora, o mesmo café de Arnaldo). Mas não quer recorrer ao eterno triângulo amoroso, ou pelo menos à maneira como ele é tradicionalmente tratado. Arnaldo sente-se atraído por aquela mulher, mas, como é tímido e a sabe casada, não ousa avançar mais que uns olhares e uns pequenos nadas de uma galanteria fácil. É ela que o aborda primeiro. Ela é a personagem mais decidida dos três. Depois de um vago encontro que não leva a nada e de um telefonema 'estranho' (ela diz-lhe que tinha resolvido com o marido que Arnaldo fosse seu amante), chega-se ao conhecimento de um 'pacto' feito pelo casal. O marido, Daniel Trigueiros, é um femeeiro sem salvação, embora amando a mulher. Para que esta continue a aceitar a situação, resolveram que também ela tivesse a sua aventura amorosa, com um homem escolhido por ambos. Esse homem é Arnaldo. Os actos deveriam passar-se na casa deles. Mas, contrariamente ao que diz, Daniel não aceita, no fundo, um rival e arranja sempre maneira de interromper.

Arnaldo está, ao mesmo tempo, cada vez mais interessado por aquela bela mulher e farto daquela confusão. E, quando ela lhe pergunta se noutro local ele seria mais 'activo', aproveita-lhe a palavra e, na frente do marido, combina pelo telefone o sítio do encontro: perto do Automóvel Clube, num quarto que ele tinha alugado no começo da aventura e sem saber ainda que tinha sido escolhido para aquele pacto estravagante.

Nota-se toda a desilusão do marido e nota-se que ele próprio tomara uma resolução. O encontro dá-se, com aparente paixão dos dois lados. Daniel suicida-se.

O relevo que o narrador dá a este suicídio, indiciando-o sobretudo no capítulo anterior e o efeito que causa em Arnaldo, quando o descobre («...o corpo de Daniel Trigueiros. Ele.»), levaram-nos a pensar que o marido tinha guardado o seu machismo lusitano, para além da própria morte.

Este o resumo da 'nossa leitura'. Claro que cada leitor faz a sua leitura e o resumo será condizente.

Procurei, no entanto, ser o mais objectiva possível, excepto na conclusão, que é mais pessoal.

Todas as estórias são uma «Resposta a Matilde», sobretudo na afirmação: «Mas as coisas inverosímeis onde acontecem é na vida».

Soube, mais tarde, pelo próprio Autor que não é «Era um desconhecido» o 'divertimento' mais geralmente apreciado. Num país, nem sequer foi traduzido. Talvez que seduza mais a facilidade irónica dos outros divertimentos, aquele 'suspense' que os atravessa e vai corresponder ou não ao pensamento do leitor, arrebatando-o, em todas as estórias.

CAP. IV

A OBRA E AS VÁRIAS ABORDAGENS ACTUAIS DO ROMANCE

E não será isto que quer o leitor? Algo que o tire da vida rotineira, dando-lhe novos motivos de distracção? Que faz o nosso cidadão depois de um dia de trabalho? Se já leu o jornal, durante o caminho de regresso a casa, ou se nem sequer o comprou, senta-se em frente do 'écran' televisivo. Mal despega os olhos para jantar, continua a ver e ouvir até à hora do fecho e da deita. As telenovelas substituem o folhetim, a grande descoberta dos jornais do séc. XIX e de quase toda a primeira metade deste século. E o folhetim parava no meio das passagens mais emocionantes. Ficava garantida a compra do jornal no dia seguinte, naquela ânsia de saber o que ía acontecer. Hoje em dia descobriu-se a telenovela, de leitura ainda mais fácil, e tornada mais apaixonante, se possível, pela visão das personagens, dos seus gestos, do que deixam prever que irá acontecer. Num dos momentos mais culminantes, a música indicativa toca, passam os 'dizeres' de quem fez e de quem representou. E, se depois dos inevitáveis anúncios, se passarem dois ou três episódios do que se vai passar no dia seguinte, melhor. É a hora em que os que têm telefonemas a fazer com urgência os fazem. As linhas estão desimpedidas. Também há quem por nada interrompa o prazer diário, ou não queira interromper os dos outros. Quem

37

tem que deslocar-se em transporte público e quer arranjar lugar sentado, escolhe essa hora.

Mas a telenovela ainda não pôs completamente de lado o folhetim, ou os livros mais excitantes, aqueles que querem ócios e oportunidade para se lerem sem interrupção.

Claro que os gostos variam e assim se explica a enorme variedade de temas e os ensaios de abordagem que ultimamente se têm feito. Fernando Namora usou dois processos em «Era um desconhecido»: A cumplicidade do narrador--narratário-personagem e a extravagância que criou 'suspense' nos leitores. Nos outros divertimentos só o segundo processo foi usado. Que não é inédito.

Vejamos uma passagem do «Universo do Romance» de R. Pourneuf e R. Quellet, que parecem uma resposta a Matilde:

«É preciso com efeito que aconteça qualquer coisa de extraordinário numa vida onde, em geral, não acontece nada; é preciso substituir ao «chato quotidiano um mundo no qual reinem a aventura, o amor, o luxo. É para compensar certas lacunas da experiência que se lê romances» (pág. 22).

O 'suspense' não é já, como se pensava, característico ou característico apenas dos romances policiais ou de aventuras. Qualquer livro que queira leitores (e para que serve um livro sem leitores, senão para ser posto à venda por um ridículo preço de saldo por livreiros que não querem monos?) tem que ter um certo 'suspense'.

No último número de Julho do «Nouvel Observateur», vem uma entrevista com Isaac B. Singer, derradeiro abencerragem da língua semita yidiich e prémio Nobel da Literatura. Também o 'suspense', entre outros processos literários, foi abordado. Vejamos o que diz o velho literato:

«A originalidade não vem porque se vai à sua procura. Quando os escritores contemporâneos tentam ser novos (nouveaux) em cada linha, tornam-se de uma banalidade, de um conformismo consternantes.»

— N. O.: — Disse que o romancista deve contar a sua história. Deve também criar a tensão, o 'suspense'?

— Singer: — Concerteza. O 'suspense' é uma coisa primordial. Sem tensão os livros caem das mãos. Quando lemos

'Madame Bovary' encontramos um belo 'suspense'. Com Joyce toda a tensão desapareceu. A literatura tornou-se decadente, esotérica, didáctica e tão intelectual que já não é verdadeiramente literatura.

Mas entre nós também se pensa na renovação de uma literatura gasta.

Foi um tema abordado nas aulas, com alunos habituados a ler e a gostar ou não gostar. Interessante verificar que havia uma quase total concordância sobre a supremacia da poesia em relação à prosa, no nosso país.

Mas também os romancistas se preocupam com essa renovação.

Quanto a Fernando Namora, o ineditismo do seu divertimento, quer no processo de abordagem, quer na mistura de géneros, que englobou o quase policial, o romance de «suspense», o dramático, mostrou bem que essa preocupação já não é só latente.

Já agora cito dois artigos do Jornal das Letras, n.º 13, de 18 a 31 de Agosto de 1981.

Diz Abelaira, sob o título «Uma literatura envelhecida»:

«Como se a literatura se alimentasse unicamente de si própria, do seu dinamismo interno sem se renovar com os estímulos externos, renovando-se apenas pelas múltiplas combinações formais, abstractamente calculadas, incapaz de vitalizar o espírito dos leitores — passatempo — sem horizontes, que nem sequer é brincadeira no sentido fecundo da palavra, rodando em círculo vicioso» (Os tais círculos viciosos!)

E termina:

«Porque a literatura deixou de ser hoje obra de criação para se transformar em puro cozinhado de ideias feitas, puro consumo de energias não renováveis. Mesmo quando olha para o mundo e nos fala dos homens e se diz realista, vê-o com ideias velhas de cinquenta anos, contribui para travar o espírito. Transformou-se numa coisa detestável que já não serve para nada nem para se alimentar a si própria. E qualquer dia não interessa a ninguém, salvo àqueles que não se interessam por nada.»

No mesmo jornal, numa crítica a «Finisterra», de Carlos de Oliveira, Maria de Lurdes Ferraz também se debruça sobre a necessidade de renovar uma literatura envelhecida:

«Fácil para verificar que a 'literatura' — aquela que a partir do séc. XVIII se tornou 'objecto de literatura' está a morrer, se não morreu já. Nem o absurdo lhe vale, nem o anti-absurdo, que se quer também absurdo, convence. Que prazer é hoje ler?»...

«E poderá o crítico informar-se sem judiciosamente declarar, aconselhar? Porque não, se ainda conserva a curiosidade, a necessidade de ler por prazer; se apenas reconhece que 'ler' hoje não é como 'ler' há 30 ou 40 anos, muito menos há cem? Porquê? Simplesmente porque a literatura é outra.»

Não há dúvida que a literatura e as abordagens literárias mexem, procuram novos caminhos, esgotados os antigos, saturados, não sabendo já ir ao encontro do leitor. Esperemos.

CAP. V

A NARRATIVA

Antes de entrar na narrativa, queria dizer as considerações que fiz aos alunos para que a primeira leitura fosse feita individualmente, em casa, sem análises, sem perguntas, num isolamento a dois: narrador e narratário.

Por isso, escolhemos (por sugestão minha, é certo) antes do Carnaval, o que iria ser objecto de estudo da narrativa literária, no segundo semestre: «Era um Desconhecido». O entusiasmo que me provocou a primeira leitura seria também o que eles sentiriam, com a subjectividade própria de cada leitor.

O aluno costuma rejeitar sistematicamente a análise da obra imposta, e muitos ficam admirados de vir a encontrar encanto numa leitura feita mais tarde, por iniciativa própria. Alguma coisa não corre bem, tanto mais que essa recusa se vai comunicar ao professor que 'aceita' de mau grado a obra do programa. Mas nem por isso deixa de estudar essa ou outra obra, pelo mesmo processo de se ler um pouco todos os dias, fazer a análise do que foi lido e marcar um capítulo a ler em casa para 'despachar'.

Ensinando a futuros Mestres, falámos do que estava errado neste método: a obra literária tem que ser lida primeiro, sem que a sua análise venha estorvar o contacto com o que se lê. E foi então que lhes li uma passagem de George

41

Mounin («La Litterature et ses téchnocracies» do Capítulo — 'Devant le texte') que teve o mérito, não só de ilustrar o que lhes tinha dito, mas também o de mostrar que 'lá fora' se cometem os mesmos erros «Em França a atitude (tradicional ou revolucionária) diante de uma obra é sempre a explicação do texto»... «O recurso aos métodos modernos mais em voga permite somente talvez dissecações com mais encanto»... «Assim, pois, antes de explicar, trata-se de ter lido o texto, fase capital» (págs. 115 e 117).

A primeira leitura foi, pois, feita em casa e com óptimos resultados: vinham conquistados pela estória e muitos, que as tinham lido todas queriam já discutir por que umas eram 'melhores' que outras. «Mas ninguém recusou a supremacia de «Era um Desconhecido».

Pudemos, assim, aproveitar essa frutífera primeira leitura, a nova visão da leitura feita em voz alta e o 'encanto' dos métodos modernos de análise textual, a que não estavam habituados.

E começámos uma nova aventura: a montagem da criação das personagens ali, à nossa vista — as principais e concomitantemente as secundárias, quase figurantes, dos 'habituais do café' e as ocasionais, que ali entravam para tomar uma bica e comer uma 'bola de Berlim' apressada.

42

CAP. VI

HISTÓRIA E DISCURSO

Mas não começou desde logo essa aventura: muita coisa era ainda preciso aprender. Por isso começámos por estudar a narrativa não literária, tantas vezes difícil de distinguir da literária, sendo muitos os escritores ao mesmo tempo repórteres de 'fait-divers', cronistas ou ensaístas, provocando uma interpenetração do literário no não literário e vice-versa.

Lemos, assim, vários excertos do chamado não literário, desde o anúncio ao 'fait-divers', passando pela necrologia, o boletim meteorológico, as reportagens, até ao 'artigo de fundo'.

Não é fácil, nem desejável sequer, que o literário, quer na linearidade da história, quer na complexidade do discurso, deixe de ser penetrado pelo não literário.

Surgiram aqui as primeiras dificuldades, na distinção entre «história» e «discurso». Nem outra coisa era de esperar, pois que cada investigador tem a sua visão pessoal ou a visão da sua escola.

Disse-lhes isso mesmo e, estudando várias opiniões, novos conceitos e até novo vocabulário, foi enriquecendo a sua competência linguístico-literária.

Comecei pelas Categorias da Narrativa», de Todorov (in Communications,8) e; através dele, chegámos ao conceito de literariedade de Jakobson, de que já falei na introdução. Li-lhes, pois Todorov:

43

«Ao nível mais geral a obra literária tem dois aspectos: é ao mesmo tempo uma história e um discurso. É história enquanto invoca uma certa realidade, acontecimentos que teriam ocorrido, personagens que se confundem com a vida real. Mas é discurso, ao mesmo tempo; existe um narrador que relata a história; diante dele um leitor que a percebe. Neste nível não são os acontecimentos relatados que contam, mas a maneira pela qual o narrador nos faz conhecê-los.»

E volta a citar os formalistas russos: «Chklovski declara que a história não é um elemento artístico, mas um material pré-literário; somente o discurso era para ele uma construção estética.»

Lemos, outras opiniões, diferentes ou concordantes, pelo menos, em alguns pontos.

Deixámos, no entanto, a nossa própria definição para uma conclusão posterior.

Gérard Genette estuda os diversos sentidos da palavra discurso, distinguindo entre 'discurso transcrito' ou 'imitado', tal como pode ser pronunciado pela personagem, discurso 'narrativado', isto é, tratado como um elemento qualquer da narrativa e assumido como tal pelo narrador. Enquanto o primeiro usa a primeira pessoa, o segundo usa a terceira. E ainda um 'discurso transposto', um intermédio entre discurso directo e indirecto. «Embora um pouco mais mimético que o discurso narrado... esta forma nunca dá ao leitor um sentimento de fidelidade literal nas palavras realmente pronunciadas» — págs. 191 e 192.

Não era esta conotação, ou conotações, de discurso que nos interessavam. No entanto, fixámo-las por outras razões, ligadas ao discurso directo, indirecto e indirecto livre, embora Genette ache que existe uma nuance temporal entre o discurso transposto e o indirecto livre. Aproveitámos uma frase da «Recherche» para exemplificar: — «Minha mãe, vou casar-me com Matilde» (discurso transcrito): «Informei minha mãe da minha decisão de casar-me com Matilde» ou mais simples: «Decidi casar-me com Matilde» (narrativado ou contado); «Disse à minha mãe que me era absolutamente necessário casar-me com Matilde» (discurso pronunciado); «Pensei que era absolutamente necessário casar-me com Matilde» (discurso interior — discurso transposto), um pouco diferente do indirecto livre, que dispensa o verbo declarativo: «Procurei a minha Mãe, era-me absolutamente necessário casar-me com Matilde.»

Mas era efectivamente uma outra conotação que nos interessava, que encontrávamos na página 72 e que lhes li: «Proponho, sem insistir nas razões, aliás evidentes, da escolha dos termos, chamar 'história' ao significado ou conteúdo narrativo, 'narrativa' propriamente dita o significante, enunciado, *discurso* (o sublinhado é meu) ou texto narrativo ele próprio, e 'narração' o acto narrativo produtor e, por extensão, o conjunto da situação real ou fictícia na qual eles têm lugar.» Remete, no entanto, a diferença entre «narrativa como discurso» ou «narrativa como história» a Todorov. Em nota de fundo de página diz ainda: «Empregarei com o mesmo sentido (narração) o termo diegese, que nos vem dos teóricos da narrativa cinematográfica.» Continua: «É evidente, penso, que dos três níveis distinguidos há momentos, o do discurso narrativo é o único que se oferece directamente à análise textual, que é, ela própria, o único instrumento de estudo de que dispomos, no campo do narrativo literário» (pág. 73).

Maurice-Jean Lefebve, falando do código retórico, começa por opôr o discurso quotidiano ao discurso literário. Admite, assim, «uma espécie de grau zero de estilo, relativamente ao qual se marcam entorses e desvios. Este grau zero é bastante difícil de definir, dado que o próprio discurso quotidiano emprega, por vezes, construções e faz apelo a técnicas semelhantes às que usa a literatura. É por isso que podem encontrar-se figuras de estilo na linguagem publicitária, política, desportiva...» (pág. 27). Tem interesse para ilustrar a fragilidade existente entre o literário e não literário (discurso quotidiano e discurso literário) que leva o autor a admitir que «literariedade é principalmente uma questão de intenção». E acrescenta: «A intencionalidade literária consiste, pois, em desligar o discurso do seu uso prático, em considerá-lo como um novo estado de linguagem, em que o processo de signifi-

cação contraria mais que o sentido ou coisa significada» — pág. 48.
 Esta distinção preocupa de modo especial Lefebve.
 Embora não fazendo nunca a distinção teórica entre história e discurso, ela está patente no seu livro.
 Na página 196 reduz a história, à diegese no seu sentido restrito, isto é, à intriga: «Toda a 'história' se compõe de uma sequência de 'situações' e 'acções', implantando-se num certo 'lugar' e desenrolando-se durante uma certa 'duração'. Estes factos podem ser não relatados inteiramente ou só em parte, o que nos tinha levado a distinguir a diegese no sentido restrito da diegese propriamente dita. Esta pode ser chamada intriga.»
 Roland Bourneuf e Réal Quellet sintetizam a distinção entre história e discurso partindo principalmente dos formalistas e de Todorov. «Este método («Les catégories du discours littéraire» de T. Todorov) toma por ponto de partida a análise do folclore (e mais especialmente dos mitos) e a distinção creditada pela linguística entre 'história' ou ('fábula'), o que efectivamente se passou e 'discurso' (ou 'assunto'), 'a maneira como o leitor tem disso conhecimento' — pág. 53.
 Voltando ao começo deste capítulo antes de começarmos a distinção entre história e discurso, falámos no narrativo literário e no não literário, sem fazer uma distinção demasiado rígida. E, a propósito, citámos Barthes: ...«a narrativa pode ser sustentada pela linguagem articulada, oral ou escrita; pela imagem, fixa ou móvel; pelo gesto ou pela mistura ordenada de todas estas substâncias; está presente no mito, na lenda, na fábula, no conto, na novela, na epopeia, na história, na tragédia, no drama, na comédia, na pantomina, na pintura, no vitral, na banda desenhada, no 'fait-divers', na conversação.» ('Introdução à análise estrutural da narrativa' pág. 19).
 Era necessário pôr uma certa ordem na indiscriminação de Barthes, partindo do narrativo não literário para o discurso narrativo literário. Foi fácil: um suicídio num prédio de escritórios de um homem aí desconhecido serve de 'fait divers' a um jornalista. O relatório do agente da Judiciária

será a história. O aproveitamento pelo romancista que, de um pequeno nada faz um todo com descrições, diálogos, 'suspense', enfim, toda uma diegese que propositadamente «guarda alguns trunfos» que só serão apresentados no final, faz o romance policial, isto é, o discurso narrativo.

«Era um Desconhecido» não usa de todos estes processos e não é um livro policial, mas até 'suspense' tem, embora o narratário seja habilmente encaminhado para o fim lógico.

Pelo 'fait divers' começámos. Com ele acabámos, como veremos. Fizemos o círculo completo.

CAP. VII

AUTOR-NARRADOR

Muito mais coisas havia a estudar antes de nos lançarmos na aventura das análises da obra. E muito mais coisas estudámos, como se verá, com os mais variados exemplos. Surgiu desde logo a diferença entre autor e narrador. E um dos exemplos, bem concreto, até foi encontrado em Fernando Namora: a criança de oito anos que escrevia a sua primeira redacção, o homem feito, mas jovem, que sente necessidade de nos narrar «Retalhos da Vida de um Médico». E este Fernando Namora, que começa um novo ciclo, decorridos trinta anos de intensa actividade literária com «Era um desconhecido», da «Resposta a Matilde». O autor é o mesmo, mas há tantos narradores como aqueles que fazem a narração, podendo ser uma personagem do próprio discurso.

Não se pode, aliás, desligar o narrador do discurso, tenha ele as conotações que vimos em Genette, ou seja, o discurso literário da oposição «história-discurso». Eça de Queirós também nos serviu de exemplo nos românticos «Mistérios da Estrada de Sintra», no realismo de «Os Maias», no bucolismo irónico de «A Cidade e as Serras».

Sempre o mesmo autor (que já morreu) diversificado em diferentes narradores homodiegéticos ou extradiegéticos, de leitura sempre viva. Demos ainda uma definição muito concreta: o autor faz o contrato com o editor, é o homem ou mulher que escreveram. O narrador pertence sempre ao discurso, confundindo-se com o autor nas memórias auto-biográficas, sendo exterior à diegese na narrativa extradiegética ou sendo uma personagem na diegese. Um só discurso narrativo pode ter vários narradores. E dei-lhes ainda o exemplo de «Os Lusíadas», que se verá mais à frente.

Como falámos em Eça de Queirós e na «Cidade e as Serras», disse ainda: Zé Fernandes conhecia o 202, Eça só pôde imaginá-lo. E, pelo menos, na altura todos eles compreenderam a diferença entre autor e narrador.

CAP. VIII

O NARRADOR NA DIEGESE

Já não foi tão fácil a compreensão do papel do narrador perante a diegese, visto que muitos vinham eivados de vícios de aprendizagem. Não me admirei muito, pois nesta matéria tenho encontrado em cada cabeça a sua sentença:
Aproveitei o que poderia chamar curiosidade literária para lhes fazer sentir a diferença entre 'diegesis' e 'mimesis', bem distintas deste Platão e Aristóteles, mas já com diferenças conceituais.

Todas as vezes que, mais tarde, falámos em 'mimesis' ou mimético eles sabiam que se tratava de uma imitação, ligada, pois, mais ao teatro que à diegese, esta referida ao romance, ao teatro, ao cinema ou a qualquer outro género em que caiba a intriga.

A palavra 'diegese' deu lugar a um capítulo na obra citada de Maurice-Jean Lefebvre, «Estrutura da diegese como discurso».

Porque algumas passagens se revelaram de especial interesse, não deixei de as ler: «Existe uma presentificação da diegese pela narração, mas também uma presentificação do mundo através da diegese»... «É precisamente porque ela possui esta natureza imaginal que se torna difícil definir com precisão a diegese, fixar-lhe a estrutura e os limites».

51

«Se não se pode dizer com precisão onde é que a diegese começa a partir da narração, também não se pode dizer onde é que ela acaba. Deveria, pois, contornar-se a dificuldade por alguns 'distinguo', falando por exemplo: 1) de 'diegese' no sentido restrito: o que é denotado e nada mais; 2) de 'diegese' propriamente dita: os acontecimentos (físicos e mentais), tais como podem ser reconstituídos na sua sequência lógica, preenchendo as lacunas ou elipses inevitáveis; seria, em suma, o que geralmente se chama intriga; 3) de 'diegese' no sentido lato, que compreenderia, ainda, as valorizações e a ideologia» (págs. 189 e 191).

Nós falámos em diegese no sentido de intriga e dissemos, segundo Genette, que o termo, um tanto esquecido, tinha sido retomado em linguagem fílmica e daí passou à narrativa.

Para uma melhor compreensão do narrador face à diegese, servi-me das «Figures III» de Gérard Genette, escrevendo a sua esquematização no quadro, mas dando-lhes uma explicação, visando sempre uma compreensão mais fácil, com exemplos retirados de escritores conhecidos. Genette estabelece uma diferença entre nível (extradiegético e intradiegético) e relação (heterodiegético e homodiegético) — págs. 255 e 256.

Apresentei o assunto deste modo, que embora possa parecê-lo, não tem diferenças do quadro de Genette:

1) *Autodiegético* — o narrador que se confunde com o autor, falando de si em memórias (ex. «Mémoires du Général de Gaulle») ou auto-biografias (ex. «Sem-Papas-na-língua», de Beatriz Costa ou «A Força da idade», de Simonne de Beauvoir).

2) *Homodiegético* — o narrador que, escrevendo na primeira pessoa, nada tem a ver com o autor (ex. «O Malhadinhas», recoveiro, não tem nada a ver com Aquilino Ribeiro: este é o autor, aquele o narrador).

3) *Intradiegético* — a personagem, que pertencendo à diegese, se transforma em narrador (exs.: Carlos, na carta de Carlos a Joaninha das «Viagens na minha terra»; Vasco da Gama, contando a história de Portugal ao rei de Melinde; Paulo da Gama, explicando o significado das bandeiras ao

Catual, ou Tétis, futurando a gloriosa história de Portugal, posterior a Vasco da Gama).

4) *Extradiegético* — o narrador que escreve na terceira pessoa e que se mantém sempre fora da diegese (ex., «Os Maias, de Eça de Queirós).

5) *Heterodiegético* — o narrador que é umas vezes homodiegético, utilizando a primeira pessoa, e outras vezes extradiegético, utilizando a terceira pessoa (exs., Camilo Castelo Branco em quase toda a sua obra e «Era um desconhecido»).

A um narrador intradiegético corresponde um narratário igualmente intradiegético: Carlos e Joaninha pertencem à diegese da «Viagens», assim como Vasco da Gama e o Rei de Melinde pertencem à diegese dos «Lusíadas».

Um narrador extradiegético dirige-se a um narratário extradiegético. Já não é tão comum encontrarmos um narratário extradiegético. Já não é tão comum encontrarmos um narratário homodiegético para corresponder ao narrador, seu congénere. Mas também começa a aparecer como veremos mais à frente.

Nas «Viagens na minha Terra», o narrador homodiegético, que se informa do que aconteceu às personagens da novela, transforma-se em narratário homodiegético, ao ler a carta de Carlos (que lhe não é dirigida) ou ao ouvir as explicações de Frei Dinis.

CAP. IX

O NARRATÁRIO NA DIEGESE

Nesta altura já todos conheciam a «Resposta a Matilde» e fomo-nos servindo da estória escolhida para uma maior facilidade nas explicações de coisas que compreendiam muitíssimo bem, embora não estivessem sincronizados com elas. Interessou-nos muito o chamamento do narratário à diegese, e pudémos chamar-lhe homodiegético. Mas tive o cuidado de procurar e de lhes ler tudo o que ia encontrando sobre este assunto, verdadeiramente inovador para eles. Começámos por uma passagem de Todorov (in *op. cit.*, pág. 216): «A imagem do narrador não é uma imagem solitária»... «é acompanhada quase sempre pela imagem do leitor». «Evidentemente esta imagem tem tão poucas relações com um leitor concreto, quanto a imagem do narrador com a do autor. Os dois estão em dependência estreita um do outro e, desde que a imagem do narrador começa a sobressair mais nitidamente, o leitor imaginário encontra-se também desenhado com mais precisão»... Esta dependência confirma a lei semiológica geral, segundo a qual o 'eu' e o 'tu', o emissor e o receptor de um enunciado aparecem sempre juntos.»

O narratário mereceu, como já vimos, uma atenção especial a Gérard Genette, nas suas «Figures III». Cito algumas passagens que melhor nos serviram para a distinção entre narratário e leitor, tão confundidos ou mais que narrador e

55

autor. Analisando «À la Recherche du Temps Perdu» de Proust, Genette diz: «Antes de considerar esta última dimensão da narrativa proustiana, preciso de dizer mais qualquer coisa desta personagem a quem chamamos narratário e cuja função na narrativa parece tão variável. Como o narrador, o narratário é um dos elementos da situação narrativa e coloca-se necessariamente no mesmo nível diegético: isto é, não podemos confundir narratário com leitor (mesmo virtual) do mesmo modo que o narrador se não confunde com o autor.»

Já dissemos que «o narrador intradiegético corresponde narratário intradiegético» (...) «nós, leitores, não podemos identificar-nos com os narratários fictícios. O narrador extradiegético, pelo contrário, só pode visar o narratário extradiegético, que se confunde aqui com o leitor virtual e com o qual cada leitor real se pode identificar». E acaba: «O verdadeiro autor da narrativa não é somente o que aponta, mas também e ainda mais aquele que a escuta» (*op. cit.*, págs. 265, 266 e 267).

CAP. X

NARRADOR-NARRATÁRIO

Fernando Namora vai mais longe. Ele não se dirige ao leitor imaginário de Todorov, nem às amáveis e benévolas leitoras de Camilo. Procura o narratário, chama-o à diegese, pede-lhe auxílio. «Todavia eu prometi acontecimentos e o leitor irá ajudar-me a inventá-los» (pág. 31). Passa da primeira pessoa do singular (narrador) para a primeira pessoa do plural (narrador mais narratário): «Arnaldo ignora que quem pretende baralhá-lo somos nós, que o pusemos neste diálogo teatreiro. Mas deixemo-lo iludido. Não inteiramente, porém, já que ele nos dirige um sorriso meio irónico, meio insinuado, e, desta vez, parece-me nítida a sua desconfiança. De repente vejo-o estático como uma árvore, uma pedra, oferecendo-se passivamente à nossa iniciativa, e sou eu agora a fazer o possível por que ele nos esqueça (pág. 49). O narrador parece brincar, jogando com as primeiras pessoas e variando o duo narrador-narratário com o trio narrador-narratário-personagem.

Desde o começo, aliás, que o narrador tinha pedido a cumplicidade do narratário: «O leitor, porém, que até talvez se agrade de ser meu cúmplice em tais desvios, acabará por me relevar as prolexidades» (pág. 17).

E continuaremos a ver essa cumplicidade através de toda a estória. São as primeiras pessoas do plural. «Vamos então», «vamos iniciar» (pág. 27). É como já se viu, a passagem da primeira pessoa do plural à primeira pessoa do singular: ...«e metendo-lhe da nossa conta algumas audácias que espevitem o herói. A estória lucrará com um ritmo mais vivo. Vivacidade essa que, de agora em diante, iremos pôr à prova. Estou atento, vou ouvindo.» (pág. 38).

O duo narrador, narratário-personagem encontra-se a cada passo, com a constante ironia que atravessa toda a obra. Vemo-lo mais uma vez na página 34: «Mas ele sempre fora um imaginativo. Tal como eu. Tal como estou a tentar que os leitores o sejam também. Reparem; eles fitam-nos, nós fitamo-los, vamos observando, observam-nos — precisamos de saber se» (pág. 33).

É evidente que este arrastar do narratário é uma tentativa a desenvolver. Pois, por mais que o integre na diegese, ele continua sempre passivo. Não age. É receptor, mas nunca emissor. Não chega a ser homodiegético, como o narrador. E não anda muito longe da afirmação académica de que o narratário é sempre extradiegético. Conclusão desanimadora? Não. Pessimista? Muito menos. Porque a verdade é que houve uma tentativa de activar o narratário. E, embora os alunos não tenham, na sua quase maioria, uma vasta experiência de leitores, todos conhecem, ao menos, uma obra de Camilo, «*As Viagens na minha terra*», de Garrett, «*A Manhã Submersa*», de Virgílio Ferreira, e várias obras de Jorge Amado. E, se bem que este tenha já um certo diálogo com o narratário, em algumas das suas obras, como «*Tereza Batista, cansada da guerra*, não tem ainda um diálogo, ou cumplicidade com o narratário constante em toda a obra. Por isso, souberam distinguir e apreciar a diferença entre o duo «narrador--narratário» «eu-tu», «emissor-receptor», existente nos escritores citados e em Fernando Namora. Este ainda leva o narratário pela mão, como criança ajuizada que vai assistir e até colaborar nas habilidades do papá. Mas leva-o. Não o deixa na 'chaise-longue' dos românticos ou na rede dos brasileiros. O leitor lê, comove-se, ri, participa de tal modo que o podemos incluir na estória. Mas esse acto é passivo. O narrador arrasta-o para a diegese como assistente e não como participante.

Há ocasiões em que o próprio narrador se torna narratário. Dá liberdade às personagens e fica de fora, a assistir. Assim, na página 38: «É essa vivacidade que, de agora em diante, iremos pôr à prova. Estou atento.» Não ocupa muito tempo esta posição de narratário. Não resiste a interpelar a sua personagem: «Vá, Arnaldo, antes que o marido se canse de esperar lá dentro, tens de tomar uma iniciativa arrojada. És um conquistador. Mais rigorosamente ela fez de ti um conquistador, não a poderás desiludir» (pág. 39).

Ou ainda: «Nem por ela para nós, leitores, que não pegámos nesta narrativa para a fazermos rebentar como um balão» (pág. 61).

Sempre atento aos diálogos, sempre pronto a intervir, o narrador tem ócios de narratário sempre presente, ou até distraído. Quando, na página 51, Arnaldo diz: «Não estamos longe de minha casa. Vivo num quarto alugado.»

Na pág. 51 é já o narrador que dá conta dessa distracção e comenta: «Chegados aqui, como decerto verificaram, houve que corrigir alguns dados iniciais: Arnaldo já não vive com a família, já não é casado.»

É certo que o narrador se torna narratário. Ele vai receber a mensagem. Mas que mensagem? A narração feita pelo narrador Arnaldo e pelas outras Personagens? Não somente. Vai antes assistir ao diálogo que Arnaldo vai travar com Manuela. Como direi mais à frente há aqui um outro género de narrativa a aflorar: o dramático.

Voltando à interferência do narratário na narrativa, julgo que até então inédito entre nós, à excepção do narratário intradiegético, levei para a aula o número um do *«Jornal das Letras»*, em que Urbano Tavares Rodrigues faz uma crítica sintéctica, mas muito interessante a *«Era um desconhecido»* divertimento que lhe mereceu um tratamento à parte dos outros. E também ele se interessou pelo «processo de enunciação, pela primeira vez ensaiado por Fernando Namora», que «põe em causa o tranquilo e difícil do romance-imagem-da-vida. O narrador, efectivamente, solicita a colaboração do narratário (ou simula solicitá-la) para a construção de um texto que se vai escrevendo à nossa vista». «Participamos (ou temos a ilusão de participar, uma outra ilusão) do agenciamento dos dados, no avanço da acção nas dúvidas e encolhas do narrador».

Mais de duas semanas depois de fazermos a primeira análise do 'nosso' discurso narrativo, em que tudo nos interessou, mas em que a abordagem nova teve um papel muito importante, li noutro número do «Jornal das Letras» (de 7 a 22 de Junho) um novo artigo que se prendia com esse convite ao narratário de participar na acção. Desta vez era de Augusto Abelaira e não respeitava uma obra especial, mas a novas abordagens na arte de escrever. Intitula-se o artigo «*O jogo romanesco*». Não fala no narratário, mas simplesmente no leitor; não interessam tanto as palavras, mas o que elas valem ou significam. Cito algumas passagens:

«Quem conta um conto quer respostas, quer reacções, não ouvintes passivos». «Contar exige que o fluxo comunicativo se faça nos dois sentidos. É um jogo entre amigos e não interessa a ninguém um parceiro inerte». E mais à frente: «Que é um romance? Um monólogo? Uma conversa, naturalmente — e a conversa de alguém que gosta de jogar com os outros: os leitores. Na ausência destes, imagina as mais diversas reacções, prevê os comentários, os agrados e desagrados, procura pregar-lhes partidas»... «Por aí se mede, de resto, o talento do romancista: escolhe um leitor imaginoso (imaginário também), capaz de réplicas interessantes que obriguem o autor a ir, sucessivamente, alterando a marcha 'natural' da narrativa, do jogo»... E conclui: ...«bom jogador, apaixonado do jogo, bom conversador, apaixonado da conversa, o romancista prevê as objecções do leitor. Prevê ou procura prever, porque o leitor é também um bom jogador, homem de reacções inesperadas» (in «*Jornal das Letras*», 7 a 22 de Junho de 1981).

Abelaira não nos serviu de motivação, mas de corroboração. Tivémos a satisfação de ver que mais escritores se debruçam sobre o papel do narratário, embora para eles continue a ser o «leitor imaginário» de Todorov.

Três dos nossos bons escritores preocupados com novos processos narrativos, não excluindo outros que neles comunguem ou tenham diversos processos de abordagem. E é bem necessário que se não fique nas tentativas ou nas intenções. A concorrência «desleal» da televisão, com as suas telenovelas brasileiras é de leitura muito mais fácil. E se o escritor não vai ao encontro do seu público, não entra com ele no jogo do escreve lê, do diálogo, de algo de novo que quebre o fascínio aliciante da leitura e audição fáceis da telefoto-banda-desenhada no écran televisivo com quem vai dialogar? Quem o vai ler? A facilidade tem muita força e o cansaço impede o jogo. A leitura será um privilégio de uns tantos leitores que ainda gostam de passar um serão agradável, pés à lareira ou seus substitutos a gás ou eléctricos, bebida apetecida ao lado. Que o leitor necessita de ambiente e de silêncio para o seu diálogo concordante ou discordante com o escritor.

Ou então o escritor será lido e analisado na escola, onde a obrigação quebra a devoção, se o professor não for excepcional e consiga vencer o natural desencanto dos alunos pelas matérias obrigatórias.

Felizmente não foi o nosso caso, porque a idade e o interesse dos alunos são diferentes.

Os romancistas sempre tiveram necessidade do leitor. O narrador tem necessidade do narratário. O romancista escreve para quê? Para deixar as suas obras ao canto da gaveta? Como emissor que é, necessita do receptor que o leia, compreenda a sua mensagem, sobre ela medite, concorde ou discorde; e gostará de ouvir a sua opinião. O canal de comunicação deve estar completo: o receptor-narratário-leitor transforma-se em emissor. Tudo o que o escritor ouve e lê sobre si, pode contar (e deve) para o futuro. Passa a fazer parte da sua vivência.

Camilo Castelo Branco, que não escrevia só por puro deleite ou para transmitir a sua mensagem, mas por necessidades monetárias, usou e abusou da galanteria romântica de se dirigir às leitoras, mais compadecidas com a sorte infeliz das personagens e principalmente com longos ócios a preencher. Como ocupá-los de maneira mais agradável que com a leitura de um livro, que distrai e fala à sensibilidade e se vai discutir com a amiga mais ou menos íntima no próximo chá ou serão? E, se uma amiga tem amigas... Assim o livro ia ocupando lugar nas estantes. E outros se sucediam. Quando o escritor ainda não tinha a concorrência da obrigatória telenovela brasileira...

Retomando a criação da narrativa, foi assim que, desde o início, a criação das personagens feita à vista do narratário, num tom despreocupado de quem se sente compreendido e aceite, nos interessou muito particularmente, até porque esse tom ligeiro e simpaticamente irónico era de molde a criar uma boa disposição cúmplice.

E, porque a alegre disposição existia, desejaríamos uma maior cumplicidade do narratário e entretivemo-nos a fazê-la nós.

Imaginámos uma conversa do narrador com o narratário, ao telefone. Só o emissor recebia a resposta. Mas, bem educado, ia repetindo, para que todos ouvissem. Tentámos a experiência e mimemisámos ao mesmo tempo.

— «Está? Ouviste a referência a este indivíduo que ando a encontrar há seis dias no café? Sim, tem o último botão do colete desapertado. Dizes que é moda? Ora vês? E eu que tinha imaginado um candidato futuro a barrigudo. Mas vou modificar: é um sujeito que gosta de estar na moda. Sim? Queres saber mais detalhes? Bom, tem uma farta cabeleira falsamente despenteada, o que me levou a considerá-lo matemático. Diz, diz... Agora usa-se o cabelo mais curto? Até há rapazinhos que o usam rapado? Raio de ideia! Eu que estou quase tão rapado como eles, porque, compreendes, o cabelo vai caindo... Sim, mas então o nosso protagonista está ou não mais conhecedor da moda? Queres saber mais pormenores? Ora deixa-me olhá-lo bem. É que, sabes? eu não gosto muito de descrições pormenorizadas. Ah, sim, dizes que o público ainda gosta disso? Não prefere sugestões para imaginar o resto? Ah, compreendo, só uma parte do público... Etc... (deu para variadíssimas conversas telefónicas e muitas ideias de activar o narratório).

Só mais uma: «Está? Sim? És tu? Tem lá paciência, mas, visto que constituímos o duo narrador-narratário, tens que colaborar mais activamente que com o teu acto de ler. De que se trata agora? Vê lá que escrevi quase 28 páginas sem dar um nome ao protagonista. Que nome achas que lhe devo dar? Armando? Não, não lhe acho cara de Armando... Francisco? Bom, não seria mal, mas há as conotações! Não, não pode ser, não és tu o único leitor e, compreendes, um livro... Sim, é isso, o escritor procura tanto o leitor como o leitor o escritor. Mas voltando ao nome. Dizes Arnaldo? Não é muito vulgar, mas talvez não esteja mal. Ora, conheço uns três Arnaldos parecidos com o nosso matemático. Deixa-me habituar um pouco. Sim, é isso. Será Arnaldo. Obrigado, amigo, até breve.»

Teríamos, assim, a corresponder a um narrador homodiegético, um narratário homodiegético e vários narratários-leitores extradiegéticos. Tudo isto os motivou para o assunto. De tal modo que uma aluna trouxe um livro de Adelino Cardoso e Francisco Nuno Ramos: — «*Des(a)fio à Filosofia*», em que o problema é tratado e com citação de Barthes. Transcrevo: «Em S/Z, R. Barthes diz: 'No entanto, ler *não é um gesto parasita*, complemento reactivo de uma escrita engalanada com todos os prestígios da criação e da anterioridade. É *um trabalho...*' Efectivamente a posição do leitor é (ainda quando ele disso não tenha consciência) uma posição activa de leitor. Ler é atribuir um sentido (entre tantos possíveis). Ler é como reescrever um texto. Em si mesmo o texto não quer dizer nada» (*op. cit.*, p. 17).

Falando de leitores activos e, apesar de serem ainda bastante jovens, houve quem lembrasse o leitor do tempo anterior ao 25 de Abril, que tinha que ler nas entrelinhas.

E, claro, embora houvesse uma certa homogeneidade na leitura do que «lá-estava-não-estando», a verdade é que cada um lia à sua maneira.

CAP. XI

AS PERSONAGENS

A criação das personagens faz-se à medida que vão aparecendo e, às vezes, de modo pouco habitual (a heroína, a personagem fulcral da estória é vista e caracterizada por Arnaldo).
Arnaldo é a primeira personagem a ser-nos apresentada. Frequentador habitual do Café Estrela, nos 45 minutos livres entre duas explicações que terá para aquele sítio, longe da sua residência. E o que sabemos dele? Nas reminiscências adolescentes do narrador havia um explicador de matemática parecido «testa em proa», semelhante à «exuberância da testa ampla e bossuda» do tal explicador dos tempos atrás. E os matemáticos também se identificam por este modo de se pentearem falsamente descuidado» — pág. 11. Usa colete de que «só deixa o último botão desabotoado, naturalmente coincidente com o sítio onde o ventre começa a expandir-se. Vida sedentária, está visto». Passa os tais 45 minutos no Café Estrela, reservando «uma ou outra tarde para o cinema (cinema de qualidade, registe-se, embora coexistindo com umas furtivas sessões de filmes pornográficos, mas então de óculos escuros) e, aos domingos, arejado de brisas e odores, a conduzir briosamente o automóvel até um restaurante dos arredores acompanhado da família». Sabemos que «tudo nele é metódico e aplicado: no ler e dobrar o jornal, no manusear

do isqueiro» (...) «no modo distante e neutro como observa as pessoas, embora não lhes perca um motivo de reparo, e, enfim, no vocabulário que usa para com os criados ou o dono do café, o popular senhor Marcolino. Ele não faz gestos: mostra-nos como se deve gesticular; não pede uma bica ou um refresco (concretamente uma «imperial»): explica-nos como esse pedido deve ser feito — queixo erguido, queixo descido, um «por favor» cerimonioso, mas convicto, um dedo didáctico espetado no alto. Se perguntássemos a uma das velhas senhoras afreguesadas ao Café Estrela o que pensam dele, o mais certo seria ouvir-lhes dizer que é uma dessas pessoas de quem aceitaríamos a companhia se o encontrássemos a desoras, numa viela sombria» (págs. 12, 13 e 14).

Ao ver cerâmicas da Rosa Ramalho, pensa que «um dia desses entraria para ver melhor» — pág. 86.

Tem «maneiras ociosas no Café, mas podem crer que chega ao fim da semana derreado como um lenhador que tomou de empreitada uma mata virgem» — pág. 16.

A sua vida de explicador é fatigante e, «quando calha ter mais que uma lição no mesmo bairro sabe-lhe bem uma pausa entre duas brigas com o torpor mental dos alunos. E a pausa é o café. Aproveita-a em cheio, à sua maneira, claro está». «Uma vez sentado lança um olhar preguicento em volta, este rumorejar solto das conversas são um escape desafogador. Aliviam, libertam» — pág. 17.

«O jornal serve-lhe sobretudo de máscara»... «para ouvir as conversas ao lado».

Concluímos que é um tímido, não porque a adjectivação, substantivação ou verbos no-lo indiquem, mas pelas suas atitudes e as suas reacções: «a situação perturbava-o, coagia-o» — pág. 38 — ...«os dedos a lavrarem a testa que subitamente se pusera às malhas» — pág. 40 — ...«e estendeu-lhe a mão a despedi-lo. Arnaldo sentiu-lhe os dedos rijos e firmes, mas de pele macia. A dele estava lastimosamente encharcada» — pág. 40. Quando a senhora Ermelinda lhe disse: «Está hoje muito telefonador», (...) «decidiu telefonar lá fora» — págs. 83 e 84. Quando Arnaldo entra numa cabine para telefonar a Manuela, volta «as costas ao tipo que esperava a sua vez quase com o nariz encostado à porta» — pág. 89. A conversa é difícil, é «um raio de conversa» e Arnaldo sente «as têmporas num latejar descompassado»... «a testa afogueada, uns borrifos de suor». E quando Manuela lhe diz que ela e o marido desejavam que ele fosse amante dela, «os dedos de Arnaldo, desta vez quase deixam cair o auscultador do telefone» (pág. 93).

E poderíamos encontrar estes indícios de timidez mais fortes que o próprio substantivo ou adjectivos em toda a obra.

Também Daniel, essa personagem misteriosa, dá sinais de timidez na maneira como tira, põe, limpa os óculos, arruma-os para os tirar de novo.

Como disse, Manuela é vista através de Arnaldo, excepto quando o narrador lhe dá, arredondando, 40 anos. Tem uns cabelos «castanhos e fartos, despenhando-se, num fragor que se não ouve, até meio das costas. Simultaneamente faustosos e vulgares» (...) «o perfil é feito de reintrâncias muito nítidas», «o conjunto tem uma estranha harmonia e mesmo uma paradoxal suavidade. Acrescente-se aliás que a presença física desta mulher é um todo sólido, mais forte do que cheio, ancas e seios bem lançados. Onde chegue logo se impõe, conquanto não se possa dizer que seja do estilo «mulheraça» já que a graciosidade lhe doseia o chamariz dos sentidos» — pág. 23.

É Manuela que merece uma maior adjectivação e aquilo a que chamámos «substantivos qualificativos». Arnaldo continua a vê-la «aprumada, quadris robustos, a silhueta altiva, um animal de raça»... «a tez morena era de certo acentuada pela hábil maquilhagem» — págs. 23 e 24.

Quando o tempo arrefeceu «ela apareceu de botas que a faziam ainda mais esbelta». O que bulia com as pessoas era ela, um pedaço de mulher, um espécime de mão cheia. «Era» tão vistosa que passava, de certo, por descarada. Esta «apetitosa desconhecida do Café»... «tem um modo quase violento de tomar posse do cigarro», o que molestou Arnaldo, pois lhe «cheirou a mulher mandona». «Está ali por dever de ofício. Sem enfado nem vibração. Limita-se a estar» — págs. 28, 29 e 30.

«Arnaldo, enfim, começou a interessar-se.» «Começou, pelo menos, a reparar, com crescente deleite em tudo o que

67

naquela mulher seduzia. A altivez? O que nela havia de excêntrico e vistoso? O rosto de sombras e luminosidades? O secreto langor da mirada? A vibrátil harmonia do corpo?» — pág. 33.

O seu carácter vai-se revelando aos olhos de Arnaldo: «Um ar decidido, uma naturalidade impúdica e sem desafio» — pág. 37. «A provocante ausência de embaraço da parte dela»... «Arnaldo viu-a chegar de cabeça muito direita, o andar cadenciado, meio voluptuoso, embora reparando bem, se observasse que a passada era ligeira. E sempre com aquela segurança quase impudente, desafiadora» — pág. 44.

Os óculos, de facto, alteram-lhe a expressão, mas se o objectivo era passar desapercebida isso pouco adiantaria: o *cabelo, o garbo, o jeito de andar* tê-la-iam denunciado a quaisquer olhos alcoviteiros» — pág. 51.

«Antes de ouvir a resposta, viu-lhe de novo aquela *segurança* ostentosa, quase indecente» — pág. 56.

Manuela nunca se desmente, ou antes, não desmente a ideia quer física, quer psicológica, que Arnaldo tem dela. Quando no capítulo X se encaminha para o quarto alugado, «Manuela dirigiu-se para a porta indicada com a naturalidade de quem viera ali vezes sem conto».

A criação de todas as outras personagens, mais que secundárias, quase figurantes ou ambientais, quer se trate das frequentadoras do Café Estrela, quer das das catálises, faz-se também à vista do narratário. Nas catálises as mais importantes são o Sequeira, símbolo de uma vida devastada pela doença e contrastante com a ideia, ainda recente, que Arnaldo dele faz, e a dona do quarto, a pseudo-senhora Maria, que vive dos encontros fortuitos, na sua casa discreta.

Mas gostámos principalmente da «habitual» do Café, a D. Doroteia. Gostámos dos seus chazinhos à moda oriental, da sua reacção espertalhona, ao prever que alguma coisa se poderia passar entre aquele casal e Arnaldo. Ela não gosta disso. Mostra-o no sacudir nervoso do cigarro (que mimemisámos) e mostra-o abertamente, mais tarde, ao abandonar o café, com as «suas pernitas de pardal, mas de uma agilidade de gata arisca», depois de ter «rosnado» para o senhor Teodoro: «Era de esperar. Boa tarde. Boa tarde» — pág. 99.

Muito pouco preparados vinham, como já disse, num Português que saisse um pouco da análise ideológica ou gramática normativa, estes alunos oriundos das mais variadas escolas e até regiões do país.

Mas havia uma definição que quase todos sabiam e quiseram desde logo aplicar às personagens principais da estória: a distinção entre 'personagens planas ou de carácter' e 'personagens redondas ou modeladas'.

Como no 'quase todos' falta o 'quase', expliquei-lhes que essa distinção remontava a 1927, em que Forster, na sua obra «*Aspects of the Novel*» a apresenta e justifica.

Personagens planas — personagens lineares, definidas por um traço geralmente único, que se mantém imutável ao longo de toda a obra. Pudemos incluir nelas Arnaldo e Manuela.

Personagens redondas — personagens complexas, ao mesmo tempo com aspectos totais e particularíssimos do homem, isto é, personagens que a cada momento podem surpreender o leitor pela sua actuação. Aqui incluímos o tão contestado e estranho Daniel.

CAP. XII

ANÁLISE ESTRUTURAL OU BARTHEANA

Escolhemos Roland Barthes como primeiro modelo de análise, indo, sem nisso ter reparado na altura, de encontro ao programa. É certo que falando-se em análise estrutural tem que se falar em Barthes, de tal modo a ela ligado está. A sua concepção de narrativa liga-se à linguística e à noção de estrutura. Para este investigador, embora a linguística se circunscreva à frase, nada impede, no entanto, que o enunciado ou discurso, seja, não uma sucessão de frases e estas uma soma de palavras, mas uma unidade em que se encontra tudo o que existe na frase. Aproxima assim a estrutura da narrativa da linguística, baseando a análise estrutural em processos semelhantes aos da linguística. «...o próprio discurso (como conjunto de frases) é organizado e, por esta organização, ele aparece como mensagem de uma outra língua, superior à língua dos linguistas: o discurso tem as suas necessidades, as suas regras, a sua gramática; além da frase e ainda que composto unicamente de frases, o discurso deve ser naturalmente o objecto de uma segunda linguística» (in *op. cit.*, pág. 23).

Lembra que sempre foi necessária uma linguística do discurso, só que se lhe chamava Retórica.

Esta ligou-se à literatura e a literatura separou-se cada vez mais do estudo da linguagem.

Modernamente autores, como Barthes, pensam que é através da linguística que se pode e se deve estudar o discurso. Este propõe uma «relação homológica entre a frase e o discurso», em que este seria encarado como uma grande frase não obrigatoriamente dividida em frases maiores ou menores, como unidades do discurso. Deste passa a toda a narrativa, que, ela própria, será também uma grande frase e não uma soma de frases. Do mesmo modo uma frase completa é já em si o esboço de uma pequena narrativa ou mesmo uma pequena narrativa: «Que excelente almoço eu comi», não contém uma descrição, mas já faz uma narração.

Citei Barthes: ...«encontram-se com efeito na narrativa» (...) «as principais categorias do verbo: os tempos, os aspectos, os modos, as pessoas; além disso os próprios sujeitos, opostos aos predicados verbais, não deixam de se submeter ao mesmo modelo frásico» — op cit., pág. 24.

Definindo, pois, narrativa como uma grande frase, cuja unidade não é a frase simples, é necessário determinar as unidades de narrativa mínimas. Como parte do princípio que é o carácter funcional de certos elementos da história, que transforma esta em unidades, dá o nome de 'funções' às primeiras unidades narrativas. E, analisando bem, tudo na narrativa é funcional. «O que não é uma questão de arte (da parte do narrador), mas uma questão de estrutura.»

«Para determinar as primeiras unidades narrativas, é, pois, necessário nunca perder de vista o carácter funcional dos primeiros segmentos que se examinam e admitir por antecipação que não coincidirão fatalmente com as formas que reconhecemos tradicionalmente nas diferentes partes do discurso narrativo (acções, cenas, parágrafos, diálogos, monólogos interiores, etc.) e ainda menos com as classes psicológicas» (condutas, sentimentos, intenções, motivações, racionalizações da personagem) — op. cit., pág. 29.

Explica ainda Barthes como as unidades narrativas são diferentes das unidades linguísticas, embora possam coincidir, mas as funções poderão ser toda a uma frase linguística ou recair num só elemento desta.

No estudo que apresentarei à frente, tudo isto se torna evidente, nos exemplos.

Só para uma coisa quero chamar ainda a atenção, que pareceria ridícula, se alguns alunos, de entre os melhores, não tivessem feito tal confusão: Por economia de tempo fizemos, simultaneamente a análise bartheana e o levantamento de todos os elementos que fazem parte de qualquer análise textual: emprego de adjectivação, verbos, pontuação, figuras de retórica ou da diegese, relação entre o espaço e o tempo reais ou psicológicos, etc. Ora, num teste, houve quem confundisse esta análise quase estilística com a análise estrutural.

E embora não me dirija propriamente a um público ignorante, a verdade é que o público estudante ou o dos professores primários, que, não tendo estudado minimamente análises deste tipo, são agora obrigados a fazê-las, por imposição de programas, poderia incorrer no mesmo erro.

Uma das tais diferenças entre 'história' e 'discurso'. Este obriga a uma concumitância que aquela não admite.

Da própria leitura nasceu a noção de macro-sequência, que aproximámos à 'frase' de Barthes, que abrange toda a estória, dividida em sequências seguidas ou paralelas (conforme se trate da linha singela da história ou das catálises) que, por sua vez, se subdividem em micro-sequências.

E entraram as funções de Propp, adaptadas por Roland Barthes, na «*Introdução à análise estrutural da narrativa*» *(op. cit.)*: funções cardinais ou núcleos, indícios, catálises e informantes.

«Núcleos e catálises, indícios e informantes (ainda uma vez pouco importam os nomes), tais são ao que parece, as primeiras unidades do nível funcional» *(op. cit.,* pág. 35).

Foi precisa uma explicação, claro, e esquematizámos:

Núcleos (funções cardinais) — sucedem-se na linha horizontal da história (sintagmática) e vão preparando a continuação e o desenlace da diegese. Situam-se, pois, a nível da história na sua linearidade. São «verdadeiras articulações da narrativa». «Para que uma função seja cardinal é suficiente que a acção à qual se refere abra (ou mantenha ou feche) uma alternativa consequente para o seguimento da história, enfim, que ela inaugure ou conclua uma incerteza» (in *op. cit.*, pág. 32).

Na página seguinte Barthes continua: «Estas funções podem ser à primeira vista muito insignificantes: o que as constitui não é o espectáculo (a importância, o volume ou a força da acção enunciada), é, se pode ser dito, o risco: as funções cardinais são os momentos de risco da narrativa.»

Indícios: caracterizam a personagem quer psicológica, quer social, quer ambientalmente e situam-se a nível do discurso.

Catálises: simples divagações na narrativa, enfeitando-a ao nível do discurso, ou ligadas a ela ou simplesmente paralelas. Cada catálise tem, em princípio, a(s) sua(s) personagem(s) principal(is), sendo uma pequena narrativa paralela ou influenciadora da diegese-narrativa. Como diz Barthes, as catálises não fazem mais do que preencher o espaço narrativo que separa as funções-articulações, falando ainda da «sua natureza completiva». «Estas catálises permanecem funcionais, na medida em que entram em correlação com o núcleo, mas a sua funcionalidade é atenuada, unilateral, parasita». E mais à frente: «ela acelera, avança o discurso, resume, antecipa, por vezes, mesmo, desorienta: o notado aparecendo sempre com o notável, a catálise desperta, sem cessar, a tensão semântica do discurso, diz ininterruptamente: Houve, vai haver significação; a função constante da catálise é, pois, uma função fática (para retomar a palavra de Jakobson); mantém o contacto entre o narrador e o narratário. Digamos que não se pode suprimir um núcleo sem alterar a história, mas que não se pode suprimir uma catálise sem alterar o discurso» — pág. 33.

Informantes — informam sobre os vários espaços e os vários tempos, num aspecto puramente objectivo ou ligados ao psicológico. Situam-se igualmente a nível do discurso.

Chamámos ainda informantes a todas as referências indicativas da idade das personagens ou da data provável da composição da estória e ainda da profissão quando esta não influencia o carácter da personagem. Lefebvre está de acordo com a nossa extensão: «mas nós sabemos que muitos informantes, tomados num sentido lato, têm uma dimensão indicial, reenviam a uma psicologia, a meios sociais, a valores» — in *op. cit.*, pág. 197.

Cada uma destas unidades pode pertencer a mais que uma classe diferente. Só considerámos catálises aquelas que tinham essencialmente uma função fática de prolongamento da mensagem, embora notássemos que havia algumas tão fortemente ligadas aos núcleos ou ao desenrolar da diegese que, para as retirarmos, teríamos que as substituir por outros núcleos.

Levantou-se ainda a questão, já deles conhecida, da relação entre espaço ou tempo físicos e psicológicos: o espaço que se fecha quando a intriga se adensa e parece entrar num clímax ou se abre no anti-clímax que se lhe segue.

Pensando na análise triádica de Bremond ainda hesitei em seguir primeiro um dos seus 'possíveis narrativos'. Mas «Era um Desconhecido» parecia tão bem enquadrado na análise estrutural Bartheana que foi, pois, Roland Barthes.

A quase totalidade dos alunos já tinha lido a *«Resposta a Matilde»*. Os que não tinham o livro, apressaram-se a comprá-lo para o anotarem à margem, numa melhor participação na aula.

Começámos, assim, por ler pequenas sequências que íamos transformando em indícios, informantes ou catálises, a partir do núcleo inicial: a necessidade de quebrar a vida chatíssima daquela personagem que o narrador ia criando e a quem, na pág. 28, chamou Arnaldo.

Embora tendo encontrado logo alguns núcleos, estes são, no início, em menor número que os indícios de carácter ou ambientais. Isto não nos levou a caracterizar o «divertimento» como romance psicológico. Pareceu-nos pouco comum, mas natural e original esta maneira de criar o protagonista e, através dele e para ele, a intriga.

Os livros foram-se enchendo de notas e o mais chichado era o meu já que à leitura prévia em casa se juntavam as leituras nas três turmas e sempre com alguma descoberta.

Logo na primeira página nos aparece um núcleo, com um indício ou informante de profissão, seguidos de uma catálise das memórias dos tempos de liceu do autor, que se irá desenvolver mais extensamente nas págs. 14 e 15.

O narrador é, pois, de começo homodiegético, começando por escrever na primeira pessoa e, na referida catálise mais desenvolvida até o poderíamos chamar autodiegético, na medida em que o narrador se confunde com o autor, falando de coisas reais e não imaginadas.

Temos também, de início, um informante do Café, ambiente aberto-fechado. Aberto porque é público, fechado porque é pequeno e os 'habituais' todos se conhecem.

Há, ainda, o vago informante de tempo na pág. 11: «este espécime, que eu encontro no café pela quinta ou sexta vez sempre à mesma hora»...

Divagámos, aqui e de outras vezes, sobre o que é tão comum às pessoas a quem a vida força a hábitos regulares ou, como diz Namora, «todo o homem quadriculado por horários, rotinas, constrangimentos» — pág. 33.

Estas pessoas encontram-se, por isso, diariamente ou quase diariamente e, por isso, se imaginam. Todos tinham alguma experiência para contar, deslocando-se todos os dias para a escola. E duas alunas que viajam juntas na linha de Sintra contaram como um indivíduo feíssimo, baptisado de Alfredo, nem elas sabiam já porquê, lhes servia das mais diferentes conjecturas. E sentiam-lhes a falta quando o acaso os levava em comboios diferentes. Seria acaso ou era ele que variava a hora segundo os seus afazeres? Sem nisso pensar, estavam a tecer o seu romance, à maneira mimética de Fernando Namora. Teriam que o fazer em casa, com mais tempo.

Logo na segunda página nos apareceu o primeiro informante de idade: ...«da sua candidatura a barrigudo, conquanto não se vá supor que a ameaça seja para breve». Informante vago, como todos os que se lhe seguem, pois deste Arnaldo só ficámos a saber que é ainda novo (sem lhe sabermos nunca a idade) tem «uma testa em proa», o que leva o narrador a classificá-lo como explicador de matemática de meninos cábulas; tem, como os matemáticos, um modo de se pentear falsamente descuidado. E ficámos a saber que é metódico, de hábitos regulares e avesso a extravagâncias, uma das sugestões que nos levaram a classificá-lo de tímido. Sabemos também de «umas furtivas sessões de filmes pornográficos, mas então de óculos escuros». Vimos aqui um informante do tempo em que foi escrito o divertimento, embora vago: só depois do 25 de Abril e, quando terminada a censura, os filmes pornográficos começaram a ser exibidos em Portugal.

Os indícios caracteriológicos de Arnaldo já foram vistos noutra ocasião. Esses indícios aliados aos óculos escuros que nos serviram para indicar a sua timidez e dificuldade de enfrentar a sociedade, juntamente com o de pessoa correcta, educada, discreta, repetem-se através de toda a obra até quase ao seu final e serviram-nos de núcleos para a terceira pessoa do pacto, de que adiante falaremos.

É desta personagem que é preciso acabar com «a vida chata, chatíssima».

Como diria Claude Bremond, é este o *projecto* do narrador: «Alguma coisa, pois, deverá acontecer». O *obstáculo* da sua timidez, *que o impede de agir, será superado* pelo desejo-paixão incipiente, com a ajuda do *narrador* e (segundo este) *do narratário,* até *atingir o seu fim.*

Mas estou a antecipar-me, começando a desenvolver a análise triádica de Bremond, que só empregaríamos depois da de Barthes e da de Todorov.

a) *Descrição*

Falava dos indícios de carácter que são para o narrador muito mais importantes que a descrição física.

A descrição é, com efeito, muito resumida, se retirarmos a procura na página de anúncios do jornal da manhã (que presumimos ser o «Diário de Notícias»). Aqui o narrador explana-se e até fala em Redol, convidando o leitor a experimentar «tecer uma meada com uma das curtas e sincopadas redacções como fez o Redol num dos seus livros» — pág. 80.

77

Mas, tirando este deambular pelos anúncios do jornal, a descrição é muito resumida nesta obra. Assemelha-se muito mais à mancha colorida dos pintores simbolistas, que à pincelada exacta e quase caricatural dos pintores realistas. No entanto, observámos com Gérard Genette (*op. cit.*, pág. 263) que a mais sóbria designação dos elementos e circunstâncias de um processo pode já passar por um esboço de descrição. Dada em curtas pinceladas, em adjectivos significativos e muitas vezes concretos, em substantivos precisos ou em verbos escolhidos, a descrição existe, quer de ambientes, quer de personagens, quer de simples figurantes.

Recordemos a descrição da casa de Trigueiros: «A residência do casal era logo no rés-do-chão. Do lado de fora uma pequena placa de metal, onde se lia: Daniel Trigueiros-Solicitador»... «Uma alta peanha de madeira, sobre a qual um cupido amestiçado fazia prodígios de equilíbrio para lançar setas a um alvo longínquo, aguardava as pessoas do lado do átrio tendo de frente um móvel severo e escuro. Essa severidade logo se destemperava com a alcatifa berrante da sala de visitas, para onde Daniel o encaminhava com extrema delicadeza.

«Ali três sofás, uma chaise-longue, de veludo, uma escrivaninha e duas mesas funcionalmente bem diferentes, uma delas com um estendal de louças e bibelôs, a outra com pano verde de jogo, sobre a qual dispostos a rigor (excessivo) se viam um cinzeiro de cerâmica e um baralho de cartas. Os reposteiros estavam corridos até metade. Havia uma luz sabiamente coada e um odor agradável talvez a madeira exótica, talvez a um bálsamo que tivesse impregnado um dos móveis. Na memória de Arnaldo esse odor associou-se a folhas secas de um arbusto silvestre — ainda não tens idade para esses viscerais apelos de infância» (pp. 103 e 104).

Nesta longa transcrição notámos uma pouco minuciosa descrição dos pequeno-burgueses que o casal representa, e um informante da idade de Arnaldo.

Esta sugestão aos pequeno-burgueses foi associada por um exemplo que lhes dei e que colhi em Proust: «Ela, admirada, via como a outra ascendia na vida. Até já se dava ao luxo de ter a casa desarrumada com displicência de quem não precisa «disso» para se afirmar». Também se tinha já falado dessa pequena burguesia nos cabelos até meio das costas numa senhora de quarenta anos, por mais faustosos que sejam (claro que o narrador os achou vulgares). Pequeno-burguesa a «escrivaninha que no corpo interior, se revelava, afinal, como um armário de bebidas» (pág. 104). E pequeno-burguesa a cor violácia do quarto, que tinha sido já moda em classes sociais mais elevadas. Vimos ainda um informante de pequeno--burguesia no trapo, ou, melhor, «pano velho» da mesma cor, em cima do móvel, que se usou na tal classe, há anos. Ainda notámos os seus «dedos cheios» de classe social que não deixou há muito os trabalhos rudes. Pequenas sugestões que se adaptam à profissão do marido: solicitador.

Notámos, aliás, a preocupação da quase obcessão com que o narrador foca a profissão de Daniel Trigueiros (solicitador), que tomámos por uma oposição à licenciatura de Arnaldo, na preocupação de uma pessoa educada e discreta para terceiro, no pacto.

Falando do pequeno lugar que é concedido pelo narrador à descrição, acabei por falar em informantes ambientais e até sociais. Mas como distinguir muitas vezes onde acaba um fio de análise e começa um outro, de tal modo eles estão ligados? Continuo, pois a referir-me à pequena descrição, sabendo que ela está fortemente ligada a informantes espácio--ambientais ou mesmo a indícios de carácter ou a informantes ou indícios profissionais.

Do mesmo modo vago o Café Estrela, onde imperava o senhor Marcolino, nos aparece como um lugar agradável onde os habituais passavam os seus ócios. E só na página cem somos informados da sua quase mesquinhez por duas palavras, aparentemente banais, no meio duma frase: «O senhor Marcolino, enquanto corta o pão e o fiambre em sanduiches de *duvidoso asseio,* não despega os olhos do vosso grupo» (os sublinhados são meus).

Quando me refiri à caracterização das personagens, pudemos verificar, como em tudo, que ela não é de modo nenhum minuciosa: há sim uma escolha de substantivos, verbos e adjectivos mais sugestivos que descritivos.

Já falei também da preocupação do narrador nos dar a descrição-apresentativa de Manuela através dos olhos cada vez mais atraídos de Arnaldo.

b) *Indícios*

Os indícios que acabarão de a caracterizar vão sendo apresentados aos poucos: «esta desconhecida que de tão vistosa, passava, de certo, por descarada» — pág. 27. «Um modo quase violento de tomar posse do cigarro», o que desagradaria a Arnaldo («cheirou-lhe a mulher mandona»). Está no café «por dever de ofício. Sem enfado nem vibração. Limita-se a estar» — pág. 30. «O marido chamava-lhe Manucha» — pág. 33. Os adjectivos vão-se sucedendo, sempre, segundo a visão de Arnaldo: «a bela cliente» — pág. 35, a «misteriosa mulher» ...«de cabeleira incendiada» — pág. 36. «Um ar decidido, uma naturalidade impúdica, mas sem desafio» (igualmente núcleo). «Ora, era essa provocante ausência de embaraço da parte dela»... (também núcleo), «dedos rijos e firmes, mas de pele macia» — pág. 40. «Rira e era um riso claro, que vinha lá de dentro» — pág. 42 ...«de cabeça muito direita, o andar cadenciado, meio voluptuoso» ...«E sempre com aquela segurança quase impudente» — pág. 44 (ainda um núcleo). Etc.

É esta a descrição físico-psicológica de Manuela-Manucha. São estes os indícios que vão seguindo até ao fim lógico da estória.

Vimos que considerámos alguns destes indícios como núcleos. Efectivamente, voltamos a citar o narrador para vermos como eles nos foram conduzindo na diegese: «Ela fitava-o como se esperasse. Como se tivesse feito uma pergunta decisiva e a resposta dele já estivesse a tardar.» «E foi essa coacção que o fez falar» — pág. 38. «Arnaldo pergunta (Manucha ainda não deixou de fitá-lo, de coagi-lo): «Quando poderemos encontrar-nos?» — pág. 39.

Apesar de tudo o que foi reparando nela, o convencionalismo social de Arnaldo ainda se chocava com certas coisas:

80

«Desejávamos ambos que essa pessoa fosse meu amante» (essa pessoa é Arnaldo). «Os dedos de Arnaldo, desta vez, quase deixam cair o auscultador do telefone» — pág. 93.

Na conversa com o marido sobre o pacto extravagante, Manucha, já então Zeferina-Manuela-Manucha, conserva-se imperturbável. Como sempre. Até ao X e último capítulo, em que parecia que Arnaldo tinha vencido, pelo menos em parte, a timidez, mas, com todos os auxílios do narrador, acompanhado do narratário, ele ainda olha à sua volta e o toque de campainha é furtivo. No entanto, «Manuela dirigiu-se com a naturalidade de quem viera ali vezes sem conto».

Descrição pouco minuciosa, como disse, mas que é sempre sugestiva e sempre igual até ao fim.

Também não é muito minuciosa a descrição do marido de quem saberemos só mais tarde o nome: «Esguio magrote, óculos de aros muito finos que não devem ter a graduação devida»... «entre quarenta e sete e cinquenta anos».

Ficámos a saber também que é muito meticuloso e os indícios do seu carácter dão-no-lo como um tímido, especialmente no gesto de guardar, tirar, pôr os oculos, «Não se sabe porque tirou os óculos do bolso, abriu e pôs os óculos. Esvaziou o copo, levou as mãos aos óculos, limpou-os demoradamente à camurça apropriada que retirara de dentro do estojo, e tornou a recolhê-los» (pág. 106). ...«as mãos voltaram a cruzar-se abaixo dos joelhos. Mas antes disso, estiveram prestes a ir ao bolso dos óculos» (pág. 109). «No entanto, ao limpar os óculos» (pág. 102). Na mesma página: «O outro pareceu contrariado, a boca endureceu, põe os óculos.» São gestos de tímido: mexer nos óculos, não saber onde pôr as mãos, não encarar a pessoa com quem se fala.

E não haverá na sua descrição física, tão contrária à de «sedutor», uma preocupação de o fazer oposto à ideia de femeeiro quase profissional que ele confessa para a realização do pacto? «Mas as coisas inverosímeis onde acontecem é na vida», diz Matilde e o livro é uma resposta a Matilde.

Caracterizadas assim através da obra, com indícios ou informantes que se vão repetindo até à formação de verdadeiros retratos psicológicos (excepção de Daniel, a grande incógnita até ao final do capítulo IX, em que aceita tudo), as personagens, uma vez definidas, vão ser confirmadas pelos mesmos processos que levaram à sua caracterização.

c) *Catálises*

Procurámos apontar todas as catálises mais detivémo-nos nas mais vincadas. Nós notámos as mais evidentes, «aquelas que dispõem de zonas de segurança, de repousos, de luxos; estes luxos não são, no entanto, inúteis do ponto de vista da história, é necessário repeti-lo, a catálise pode ter uma funcionalidade fraca, mas não propriamente nula», diz o próprio Barthes (in *op. cit.*, pág. 33).

Das mencionadas, algumas são, apenas, puras explanações do narrador. Poderiam ser retiradas que a diegese não sofreria com isso. Citarei, a título de exemplo, a do homem dos pombos, na página 44, e imediatamente antes a do Rossio e da conversa do amigo sobre os pares de namorados, em que se nota uma certa amargura por uma idade que não volta — págs. 43 e 44.

Na página 62 há uma catálise a que chamámos social por se debruçar sobre um lado dramático da vida na cidade, seguida de uma outra onde existe também um informante da idade de Arnaldo.

Na página 80 podemos incluir duas catálises sobre os anúncios do jornal.

Algumas com visível carácter social, como na página 82, a conversa interrompida com a mulher do norte, a da decadência do visconde da Anobra, na página 78, a dos mendigos, principalmente cegos, das páginas 95 e 96, a das caves e dos seus moradores na página 131.

Como disse, a diegese e a própria história não sofreriam com a retirada de certas catálises. Mas o mesmo se não poderia dizer do discurso, já que algumas são tão interessantes que gostaríamos de as ver mais desenvolvidas. Podemos citar todas as que chamámos sociais, principalmente a da mulher

do norte, emigrada da sua terra e à procura de quem lhe alugasse o quarto, com os fins confessáveis da sua necessidade monetária. O próprio narrador o faz sentir pela reacção de Arnaldo: «Desligou. Desligara à bruta. Não o devia ter feito.» (pág. 83).
 Bastante interessante a catálise das duas adolescentes, tão diferentes e tão iguais, que é difícil distingui-las (pág. 22). Racismo etário? Crítica à despersonalização de certa juventude? Admitimos as duas hipóteses e fizemos uma pequena pausa para nos debruçarmos sobre os diversos tipos de racismo, tão enraizado no espírito humano, por mais que se o negue: racismo de cor, de profissão, social, regional... Mas voltando às catálises: se algumas são puramente pausas, de repouso e de luxo, como as já citadas e ainda aquela em que recorda a adolescência, através da explanação do dr. Esteves, numa atitude e a que já chamei autodiegética, outras têm um carácter diferente. Podemos ainda encontrar uma catálise, mais ou menos desligada da diegese e representativa de uma agressividade de classe menos educada, na cena com o homem do táxi. É certo que esta catálise se não pode separar da diegese, pois é um processo de Arnaldo desabafar os nervos escangalhados com tudo o que se estava a passar.
 Há catálises que estão tão ligadas à história, que seria difícil separá-las dela. Citei três mais importantes: a do Diogo, que dá a Arnaldo uma certa euforia na recordação da juventude e a determinação de se meter na aventura; a do Sequeira, a mais longa, pois ocupa seis páginas (da 66 à 71). E há a da velhota, a dita senhora Maria, no final da estória.
 Achámos a do Sequeira demasiado longa, criando um certo desequilíbrio na harmonia da estória. Mas julgámos ter compreendido as razões do narrador: contraste entre o que foi o Errol Flyn da juventude de Arnaldo e o que os abusos ou a doença dele fizeram. Também notámos como a recordação do passado pode servir para dar uma outra vida a um indivíduo, que já não pode gozá-la de outra maneira.
 Mais tarde, na entrevista com Fernando Namora, viémos a saber que há quem dê uma grande importância a esta figura do Sequeira, para nós simplesmente personagem de uma catá-

lise e sem grande influência na estória. É caso para citar Barthes: «ela (a catálise) ...por vezes, mesmo, desorienta» (in *op. cit.*, pág. 33).

A catálise da velhota tem uma importância muito especial: Os parênteses da sua conversa futura com o inspector encarregado do caso do suicídio. E estes parênteses têm, «a contrario», a importância de mostrar que Arnaldo e Manuela estiveram ligados às investigações.

d) *Informantes espácio-temporais*

Como já disse, o espaço mereceu-nos um interesse especial: aberto ou fechado, consoante a intriga estava mais ou menos longe de uma situação de clímax. Observámos encerramentos de espaço, quer no anonimato da multidão do Rossio ou dos escritórios da transversal da Avenida, perto do Automóvel Clube, quer no espaço fechado de um carro (referência ao carro quando Manuela pede a chave ao marido, com o pretexto de se encontrar com Arnaldo — pág. 37), de uma varanda (catálise do homem do piriquito), quer na casa da senhora Ermelinda, «sentado à mesa» (pág. 74), antes de fazer os telefonemas, ou na cabine telefónica, que se fecha ainda mais, porque o clímax está eminente, até se tornar uma «jaula» (pág. 68). Vimos encerramento de espaço, quando Arnaldo funga, como se as narinas se estivessem a obstruir» (pág. 92), «o rolho que Arnaldo sentiu na garganta» (pág. 89), na porta que se fecha (pág. 104), nas suas próprias vozes ciciadas (na mesma página), no óleo da Madeira no gabinete de Daniel, ao mesmo tempo representativo de uma Manuela ausente, mas num espaço quase doloroso que se fecha à volta dela (pág. 148). E outros que não vou mencionar. Andámos nitidamente a farejar e parece que nada nos escapou.

Os informantes de tempo são muito mais vagos, mas notámos que o tempo exterior não é indiferente ao tempo interior da personagem. Arnaldo tinha arranjado o quarto e ia telefonar a Manucha para nele marcarem encontro. Está

84

numa expectativa feliz. O tempo? «A manhã estava bonita, leve, conquanto a luz fosse fria» (pág. 86).

A conversa com Manucha resulta no que lhe parece ser um autêntico disparate, para usar um eufemismo. E o tempo? «Arnaldo deita os olhos ao céu, que deixou de ser limpo: nuvens ao alto, deslizando» (pág. 93).

Antes da conversa com Daniel, que lhe irá contar o pacto: (falando de Manuela) «os cabelos em cascata, o dia vai morrendo». «Que estranho. Arnaldo não pensa assim exactamente. Arnaldo olhou a janela, a rua, como se de lá pudesse vir-lhe auxílio» (pág. 109).

E já na página 42 se tinha visto uma interessante relação com o tempo: «(Manuela) rira e era um riso claro, que vinha lá de dentro»... «o riso lembrara-lhe o quê? Uma coisa rústica, a verdade de uma coisa rústica. E, ei-lo que, enfim, repara que o azul do céu, fora da cabine telefónica, esmorecera desde a véspera, — na cidade o céu não existe». E o tempo? ...Talvez no campo as coisas fossem mais simples, sem estas complicações, que tanto atrapalham Arnaldo.

Mas os informantes de tempo, como disse, são muito vagos.

O tempo da duração da estória parece curto. Tudo indica que vai desde o começo até ao final do Outono. No entanto o narrador nunca no-lo expressa claramente: «pelo que depreendi nestas breves semanas» (pág. 18). «O tempo esfriara — e esfriou de facto, nas últimas semanas. Por isso, ao oitavo dia do explicador ter adoptado o Café Estrela, ela apareceu de botas.» Na pág. 61, Arnaldo nota: ...«no entanto, o mais natural seria uma bebida quente. Na rua esfriara, bem se notava nas pessoas que circulavam lá fora. Mesmo no bar se sentia uma friagem desagradável — o inverno não tardaria a chegar...» É o informante de tempo mais preciso.

Também há certos informantes que nos indicam que a estória não foi escrita há muito tempo. Ainda há pouco uma chamada telefónica, numa cabina, custava 1$50. Vejamos: (Arnaldo) «Levanta-se, pega as três moedas, coloca-as na prateleira, que faz parte funcional do telefone»... — pág. 75.

Outro informante, talvez mais recente — de tal modo tem subido a bica —: (A senhora Ermelinda, que simpatizava com Arnaldo) «estaria até disposta a trazer-lhe nova dose de maçãs. Café não, que encareceu doidamente» — pág. 78.

Arnaldo, tudo o leva a crer, ainda é novo, mas já passou bem os vinte anos, pois se preocupa com o andar do tempo: «Mais um ano, outro ano, não se parava mais.» — pág. 61. E vejamos o que pensa, quando vê Sequeira, tão diferente do que fora: «O tempo, que fluira insidioso, sem forma nem presença, corporiza-se, de repente, no declínio de Sequeira. E ele, Arnaldo?» — pág. 73.

«Mas ele é mais novo...» ...«e essa viagem a coisas do passado (um passado recente, c'os diabos)» — pág. 73.

e) *Núcleos*

Deixei para o fim os núcleos, mas não foi essa a metodologia utilizada. À medida que nos iam surgindo, fomos atendendo nos núcleos, indícios, informantes, catálises, figuras de estilo, verbos, substantivos, adjectivos, pequenas descrições.

Os núcleos mereceram-nos uma atenção talvez maior, pois foi a sucessão destes que conduziu ao fim lógico da estória, depois do seu aparecimento nessa linha sintagmática. Logo na pág. 11 (a primeira da estória) encontrámos um — ...«este tipo é explicador de meninos»... Só na pág. 23 encontrámos novo núcleo: falando da «personagem verdadeiramente fulcral ...essa balzaquiana»... — diz-nos o narrador: «foi ele que se sentiu atraído». E imediatamente a seguir um outro, muito importante: «A vida do nosso protagonista é chata, chatíssima»... «Alguma coisa, pois, deverá acontecer.» E continua: «É preciso que, propostos os actores e esboçada a cena, desencadeemos uma intriga. E a balzaquiana é, naturalmente, o ingrediente clássico para que estes fios teçam uma meada que, enredando o nosso herói, lhe espevite os dias baços» — págs. 23 e 24. Na pág. 28 — «de tão apetitosa desconhecida no café»... Na página seguinte, um núcleo, que é, também, indício de personagem: «Esguio, magrote, óculos de aros muito finos, que não deviam ter a graduação devida...» Apontámos este núcleo para Daniel, assim como o que se segue, na pág. 30 — «Não se fica a saber se é um leitor apaixonado, se rotineiro. Ou mesmo indiferente.» Na pág. 31 o núcleo já envolve toda a estória — «A realidade porém é imaginosa, nem sequer evitando os contra-sensos» — assim respondendo a Matilde. Na página seguinte vimos dois: ...«numa certa tarde, calhou o nosso matemático sentar-se a uma mesa contígua à do casal». E — «Todavia, quando se encaravam, o olhar dela já não era fugidio». Na página seguinte: «Arnaldo, enfim, começou a interessar-se». Na mesma página: «Por isso mesmo, Arnaldo depressa sentiu que a sua curiosidade se tornava impaciente, às vezes sufocante. E à medida que, nele, esse desassossego ia alastrando e disturbando, pressentia que a mulher não era a mesma», principalmente a última parte. A pág. 35 tem uma série sucessiva de núcleos, que termina no mais importante: «No entanto, quando as miradas de ambos convergiam, já se demoravam nesse encontro.» «E Manucha então sorria». Na página seguinte acha que o marido, «flagrantemente, não a merecia». E na pág. 37 encontrámos um importante, mas só visível para quem conhecia a estória: «uma cena prevista, talvez mesmo ensaiada». (Nota: quando digo para quem conhecia a estória não estou a desvirtuar nem o valor dos núcleos, nem a sua compreensão para *só depois* da leitura. Facilita, mas não é condição). Ainda na mesma página vimos um núcleo, que é também um indício de carácter: «Um ar decidido, uma naturalidade impúdica, mas sem desafio» (trata-se de Manuela, claro). Na pág. 38: «Como se aquele face-a-face, extravagante das dissimulações do café, representasse a sequência lógica e inevitável de factos ocorridos antes»... Na pág. 39 encontrámos quatro: «Tinha de ser algum dia» (diz Manuela). «Tudo aqui é inverosímil, de acordo. Inverosímil, não: irreal.» «Como se as palavras, aquelas ou outras, estivessem de há muito previstas.» «Ora, essa provocante ausência de embaraço da parte dela»... (além de núcleo, é também um indício). No final da pág. 41: «Claro que pode. A réplica era demasiado facilitadora, como se não houvesse, nem pudesse haver, estorvos a que ela, mulher casada e sempre à ilharga do marido, falasse com um desconhecido...».

Na pág. 44 um indício, que é também um núcleo: «E sempre com aquela segurança quase imprudente.»

Na pág. 45 encontrámos dois: «E, pensando bem...» «Pensando o quê»?; e mais à frente — ...«havia o marido. Tudo isso, porém, era verdadeiramente o único palco que os justificava». E igualmente dois na pág. 47: «Sou uma mulher casada, bem sabe»... «(saberá Manuela que ele é explicador de meninos?)». Ainda dois na pág. 50, que são ao mesmo tempo, indícios: ...«em que, apesar de tudo, Arnaldo se saiu bem melhor do que seria de esperar»... «Raramente ele e eu temos opiniões diferentes» (Daniel e Manuela).

Só voltámos a encontrar outro na pág. 54: «Receio que me julgue frequentadora de quartos de homens sós. Pois fique sabendo que não. Se eu tivesse acedido ao seu... convite, seria a primeira vez.» Mas logo na pág. 55 diz Arnaldo: «O quarto onde vivo. Não tenho condições para mais», principalmente na segunda parte. E na pág. 56: «Sou maior e vacinada. Estou aqui porque foi essa a minha vontade.» Na pág. 57 encontrámos um núcleo que achámos muito importante: «Acerta no que julga ser o seu temperamento. Uma pessoa de boa convivência, correcto, às vezes um pouco sisudo. Mas também afável. E interessante.»

Antes de continuar este levantamento, uma observação que lhes fiz a todos: os núcleos, no seu conjunto, formam a parte linear da história. Os primeiros apontam, salvo pouquíssimas excepções, para o cumprimento do pacto, que ainda não é conhecido. Pudemos dizer que apontam para qualquer coisa, em que aquele casal é envolvido e que «quebre» a vida chatíssima de Arnaldo. Chamámos-lhe de médio alcance, já que chamámos de longo alcance os tais poucos que apontam desde logo para o fim da estória. Mas também os há de alcance muito curto, embora começássemos a achar que todos apontavam para qualquer coisa menos vulgar. E os que apontavam para o desenvolver da paixão de Arnaldo e, mais tarde, de Manuela.

Continuemos, pois. Um dos núcleos que aponta para muito breve: «Talvez amanhã. Mas telefone-me primeiro.» «Então até amanhã» (pág. 58).

Considerámos indícios do carácter de Arnaldo «o seu desconhecimento de ligações com mulheres casadas», mas também núcleos, passagens da pág. 59: «Um hotel? Uma residencial?» Logo a seguir: ...«e apresentarem-se como marido e mulher».

Na pág. 61: ...«a verdade é que começava a aborrecê-lo o diminutivo, tanto mais que esse diminutivo pertencia ao marido». «Para ti será um 'pormenor', mas não para ela.»

Tendo-se «metido» duas importantes catálises, uma, a do Sequeira, muito longa, só voltámos a encontrar núcleos na pág. 73: «Temos, pois, o nosso herói com um número de telefone no bolso e, debaixo do braço, o jornal especializado em anúncios». Na pág. 74: «Ou estaria ela, muito simplesmente, a divertir-se com o crédulo explicador de matemáticas» (em que vimos uma espécie de reforço ao informante da profissão de Arnaldo, que aqui seria também indício...). Na pág. 77 o núcleo visa o pouco dinheiro do nosso 'intelectual' herói: «A voz era trocista, de quem logo se apercebera da pelintrice do cliente.» Na pág. 83: «E, como calculara, o quarto era numa transversal da avenida perto do Automóvel Clube.»

Na pág. 84 confirma-se o núcleo: «Quanto ao quarto, acertara. O prédio tinha escritórios em vários pisos, o que justificava todo o fabiano que entrasse ou saísse.» Ainda referente ao quarto, na pág. 85: «De facto acertara. E o importante era, na verdade, os dois andares inferiores ocupados por escritórios. Qualquer pessoa que utilizasse o elevador seria associada à existência desses escritórios, a um assunto comercial. Manuela não teria nenhum fundamento para levantar objecções.» (Nesta última frase vimos um novo núcleo para o que vai seguir-se).

Na pág. 89, falando de Arnaldo: «Podia dizer-se que desde o primeiro momento, farejara qualquer coisa imprevista, incomum, ou até mesmo incómoda, ainda que a suspeita não esclarecesse muito (é um núcleo para Arnaldo, mas também para o narratário).

Os núcleos agora sucedem-se com enorme frequência: «Muito pouco. Tudo o que você disse é a voz do bom senso. Mas, apesar disso, asseguro-lhe que não haveria tragédia nenhuma.» e «Creia que não estou. Tento apenas convencê-lo, muito serenamente, de que é possível encontrarmo-nos em minha casa e de que prefiro essa solução» — pág. 90.
...«E o resto é apenas isto: acontecesse o que acontecesse, o meu marido compreenderia a situação». «Aceito que não seja uma situação vulgar, mas pode ficar certo de que a achará fundamentada e razoável depois de eu o apresentar a meu marido.»
...«Perceberá tudo depois de conversarmos os três.» «Tem, tem ouvido bem. E para ser ainda mais franca, confesso-lhe que eu e o meu marido já discutimos o assunto» — pág. 91.

Uma das respostas de Arnaldo é ao mesmo tempo um núcleo e resposta a Matilde: «É assim tão simples confiar em quem nos diz coisas que saiem de todas as coerências?»... «Ontem foi um primeiro contacto. E a conversa decisiva com o meu marido veio depois»... «Não precisamos de pretexto» (para tal apresentação). Também o narrador ajuda, com núcleos: «Talvez em suma valha a pena irmos nós e ele ao sabor da maré. O tal seixo na corrente, mesmo que o desfecho nos desiluda» — pág. 92.

«Há muito tempo que o meu marido e eu esperávamos uma oportunidade destas.» «A oportunidade de encontrarmos uma pessoa séria, de confiança e, enfim, de boa presença» (núcleo repetido, pela sua importância).

«Não se tratava de papel. Desejávamos ambos que essa pessoa fosse meu amante» — pág. 93.
...«Aquele três arranhou-o. Era tudo desconcertante» — pág. 94.

Já não são tão constantes nas páginas seguintes. O pior estava passado. Estaria? Os núcleos não o fazem prever, mas uma pessoa como Arnaldo, tímida e desprevenida, tem que ter uma pausa e um momento de repouso. No entanto, o pensamento é mais forte: «Uma história tonta, tonta, e não menos ridícula» — pág. 96. E traduz-se-lhe no rosto e num novo núcleo: «A dirigirem-se sem qualquer perturbação para a mesa do costume.» No entanto, a dúvida ainda persiste: «Que iria fazer Manuela, se é que efectivamente existia uma maquinação concertada com o marido?». D. Doroteia achou «qualquer coisa» na cara de Arnaldo e agora o mal estar daquele «reforçou-se com a saída espectacular de D. Doroteia que rosnava para o senhor Teodoro: Era de esperar. Boa tarde. Boa tarde.» — págs. 98 e 99.

As atitudes de Arnaldo e do casal são diferentes, como se vê nos núcleos seguintes. «Mas Arnaldo recusa. Recusa até com firmeza. Saberá ele exactamente porquê? Sabe. Está contrariado. Está, de minuto a minuto, mais cauteloso. Nada daquilo é normal. Os despreconceitos têm limites. Os seus sentidos puseram-se alerta e, ainda que as coisas começassem a parecer mais aceitáveis, não deixaria de farejar uma cilada em tudo o que se fosse desenrolando».

Ainda dois núcleos, quase seguidos: «E voltando-se para a mulher, enquanto aperta ou acaricia o lóbulo da orelha: «Já lha deste, querida?» (a direcção). «Desculpe, é meu convidado ou 'nosso', como preferir» — págs. 102 e 103.

Só nas págs. 106 e 107 aparecem dois novos núcleos: «Não, deixe-se estar. Minha mulher de certo tem muito que conversar consigo. Voltarei daqui a pedaço.»

(Diz Manuela) «Se a resposta é afirmativa, volto a pedir-lhe que confie em mim. Em mim e no meu marido.» E na página seguinte: «Não tem razão nenhuma para desconfiar de nós, juro-lhe. Peço-lhe que fique.» A atitude de Manuela, ao ouvir os passos do marido no corredor é, ao mesmo tempo, um indício do seu carácter e um núcleo: «embora esta não mostrasse o mínimo sinal de comprometida».

E aparece-nos um novo núcleo, dirigido ao final, que sempre chamámos lógico, até por estes núcleos: ...«e Arnaldo ficou indeciso quanto ao que via nele: se ironia, se apreensão». Finalmente os núcleos que apontavam para algo de estranho vão ser esclarecidos e surge a descrição do pacto extravagante. Mas há um novo núcleo, dirigido ao final da história: «Reparando bem, ou imaginando, sentia-se nele um pânico gelado, e até podia não ser pânico, mas fúria, mas desespero». Vimos

91

que o próprio pacto poderia servir de núcleo para a sua realização. Por isso, assim chegámos ao longo período que começa por — «Tive, de facto», e acaba em — «É por isso que o senhor está aqui.»

Estes núcleos, comprovativos dos que vimos atrás, começam na pág. 114. Mais alguns: «Exacto. Foi o senhor o escolhido.» E na mesma pág. 115 um núcleo do que vai seguir-se, uma comprovação daquilo que os anteriores indiciavam e uma resposta a Matilde: «Nada existe nas pessoas de estranho. Sabia-o antes de o saber. O banal é apenas o limite do extraordinário — o horror é apenas uma questão de surpresa». Na pág. 116 dois núcleos diferentes, por ordem inversa: «Daniel começava a ficar triste, talvez uma quebreira íntima: «Enfim, tínhamos de salvar o nosso casamento.» E na página seguinte outro, tão seguro de que não-concordava-com-o-que-tinha-concordado-e-propunha, que a própria mulher o notou: ...«O senhor não desagrada a minha mulher. Não é verdade Manucha? A última frase fora dita com uma inflexão diferente e Arnaldo sentiu surpresa e incomodidade. Também Manuela mostrou como que um brusco alarme.»

Há uma nova corroboração do núcleo que levou à escolha de Arnaldo: «O senhor é uma pessoa que tudo leva a crer que seja discreta. É observador e perspicaz. É educado. Reparámos na maneira como se comportava no café, sobretudo no trato com gente tão variada que ali costuma aparecer.» (pág. 117).

De quando em quando, como vimos, surgem núcleos relativos só a Daniel e ao seu fim. Arnaldo apercebe-se deles, sem os compreender: «O comportamento do marido, aliás, tivera algumas dissonâncias alertadoras — tens isso presente?» (o narrador procura dar uma ajuda — pág. 122). Mas os principais núcleos ainda vão neste momento para o cumprimento do pacto: «Foi Daniel a abrir-lhe a porta. Arnaldo teria preferido sabê-lo ausente...» (pág. 123).

Manuela começa a retribuir o amor incipiente de Arnaldo: «Gostaria que soubesse que o que estou a fazer consigo o faço por prazer. E muito lamento que ele esteja metido num assunto que devia ser só nosso» — pág. 145. Na mesma página parece ir-se confirmando isto mesmo: «Beija-me Arnaldo». Neste ainda tudo é, ou parece, puro desejo.

Quando surge Daniel e um novo núcleo: «Porém nessa altura o marido, por motivos difíceis de deslindar, mas de certos complexos, surgiu à porta da saleta»... — pág. 126 a desconfiança de Arnaldo recomeça — nem ele saberia dizer de quê — num outro novo núcleo: «Está bem. Mas isto não tem pés nem cabeça.» (pág. 126).

Manuela teria começado, na verdade, a apaixonar-se por Arnaldo? Ela nem é mentirosa nem tem medo das palavras, disseram-no-lo os indícios do seu carácter. Isso explicaria o novo núcleo da pág. 128. Quando Arnaldo lhe pergunta o que significa, de facto, o marido para ela, responde: «Representa bastante e em vários sentidos. É estranho dizer-te isto, mas é o que sinto. O pior é que tu também representas.» E na mesma página, num núcleo de grande importância, porque é ele afinal que vem decidir o fim da estória. É ainda Manuela: «E se tudo corresse de outra maneira?» Na pág. 133: «Solicitador, reparem. Ele dera-lhe o cartão da praxe, com o respectivo endereço de escritório e número de telefone.» E Arnaldo recorda o pequeno núcleo tão importante: «E se tudo corresse de outra maneira?» Lembra, pois: «Não dissera Manuela que se as coisas corressem de outra maneira, sem a cumplicidade do marido... noutro ambiente. Com normalidade?» (pág. 133).

Na pág. 134, em que a ira de Arnaldo não lhe deixou ver a do outro: «Mas foi o marido. Uma chispa de surpresa, uma ira instantânea — em qual deles maior?» Não há dúvida, Manuela já reage à voz de Arnaldo: «Manuela reconhecera a voz de Arnaldo, veio lá de dentro apressada, tentando debalde serenar a respiração.» Na pág. 136 diz de novo: «Ouve, Arnaldo: há dias dissémos que, se as coisas corressem de outro modo, sem estas trapalhadas... Ainda pensas o mesmo?» Confessa ter de cumprir o pacto, mas afirma: ...«agora também sou eu e não apenas tu, a desejar que ele seja cumprido de outra maneira» — pág. 136.

Devia ter saído furioso. Mas não. E rua fora, sabe que, embora jure não voltar, jamais poderá esquecer aquela

mulher. Tem o cartão do Trigueiros. Decide. «Iria, pois, procurá-lo» (pág. 139). É um núcleo também muito importante para a volta que sofre o desenrolar da estória.
É no cap. IX que tudo se decide: «Aliás, sentia-o tenso e contrafeito.» A polidez usual não se altera, mas o arrepanhar da boca traía irritabilidade nascente» (pág. 141). Essa irritabilidade que surge entre os dois homens, nota-se em pequenas coisas. Olhando para um pequeno quadro da Madeira (terra de Manuela), Arnaldo diz: «Não está mal.» «Desculpe, a minha opinião é bem diferente.» (pág. 142).
Quando Arnaldo lhe garante que nada se passou entre eles e nada se passará: «Teria ele ficado aliviado? Haveria júbilo na chama breve do seu olhar, nas mãos afagando os joelhos?» Estes núcleos apontam para qualquer coisa com Daniel. E o narrador ajuda Arnaldo a compreendê-lo: «O júbilo, Arnaldo — presta atenção.»
Vimos também núcleos no emprego das primeiras pessoas do plural e na ânsia de Daniel em guardar o duo eu-ela (eu e a minha mulher, nós, nosso) — págs. 143 e 144. ...«E a minha mulher vai ficar desolada.» O olhar triste (carregado em excesso? Toma tento, Arnaldo). O narrador continua a chamar a atenção de Arnaldo em núcleos e naquilo que chamámos «falsos núcleos». Vejamos o último: «Que sabes tu deste Trigueiros? Pode ser um preverso e, no mínimo, será um tarado». Mas continua com núcleos: «Reparaste na sucessão de emoções refreadas durante o vosso diálogo? Expectativa, desafio, raiva (sim, talvez raiva); alívio, alegria (alegria, pois bem lha percebi), astúcia, desdém»... E fala em *pistas* que dá a Arnaldo (nós chamámos-lhes núcleos): «O quarto, por exemplo. Tens um quarto alugado, até já pagaste o aluguer.» Continua a falar-lhe do quarto e «evidentemente, com a mulher a quem ele se destinava». E insinua-se, recordando--lhe pormenores dela: «Lembra-te do calor macio, da voluptuosidade doseada. A boca! É de mais» (pág. 46). A uma pergunta de Arnaldo (insinuada pelo narrador), sobre o que vai dizer no telefonema, Daniel insiste em novo encontro entre os três. O narrador não deixa Arnaldo — «Em casa deles, está visto.»

e lembra — «Tens o quarto Arnaldo. E a belíssima mulher que te levou a alugá-lo.»

E é assim que Arnaldo se vê, a seu pedido, a ser ele a falar ao telefone com Manuela: «Ouve, Manuela: dissémos ambos que se as coisas corressem de outra maneira, noutro ambiente, sem outras pessoas misturadas com tudo isto», «estaríamos dispostos a ir até ao fim. Ainda pensas o mesmo?» (pág. 147). «Ainda, desde que ele seja conhecedor.» (Aqui vimos dois núcleos e um indício do carácter recto de Manuela. O primeiro núcleo apontava para o cumprimento do pacto; o outro dizia respeito a Daniel). E esta necessidade dela de que o marido tome conhecimento («Mas diz-lhe»), continua a a apontar para Daniel, esse desconhecido, de quem tudo seria de esperar. Este, com efeito, está confuso e o narrador fá-lo notar a Arnaldo: «Trigueiros abanou a cabeça, sem que o gesto quisesse exprimir fosse o que fosse e, a seguir, num trejeito levemente irónico (seria irónico, Arnaldo?)», (pág. 148).

Mais núcleos, na página seguinte, que indiciam o fim lógico de Daniel: «Com uma alteração, pelo que deduzi: o local».

«E isso tem importância?»

«*Tem.*»

O próprio Arnaldo nota a importância deste «Tem». «Uma única palavra — uma lâmina a vibrar.»

Daniel ainda pergunta: «E ela esteve de acordo?»

E confirma: «Exacto. Esteve então de acordo...»

Quer saber: «Onde é o local?»

É mais uma função fática, de adiar o inevitável, mas ainda é núcleo:

«Mas fora combinado em minha casa.»

E depois de umas tentativas desanimadoras e falhadas para falar, concorda:

«Está bem.» (págs. 149 e 150).

Concorda. Com tudo. O seu fim estava à vista, no machismo que vai para além da própria morte, que só poderia ser o suicídio. Queria a mulher só para si, compreende que ela lhe foge, vai ser doutro e não só para cumprir um pacto extravagante, mas por vontade própria.

O narrador recusará pô-lo na situação melodramática e romântica de «se não é para mim, não é para mais ninguém», matando primeiro os dois amantes e depois a si próprio. Demasiado fácil, demasiado banal e contrário à sugestão de Matilde: «Mas as coisas inverosímeis onde acontecem é na vida.»

Igualmente se vai tornando banal e, portanto, verosímil, a situação do marido que finge fechar os olhos a qualquer aventura extra-matrimonial da mulher. Uma só solução, pois, a lógica: o suicídio.

No cap. X os núcleos são de encerramento, de fecho, da comprovação dos núcleos anteriores. Manuela acaba por se apaixonar por Arnaldo e mostra-o «na expressão luminosa», «nos olhos uma expressão a derramar-se» (pág. 151). Arnaldo parece também apaixonado e não só com desejo desta mulher: «Subiram no elevador em silêncio, conquanto ele lhe afagasse os ombros, beijando-a ao de leve na testa.»

A Daniel só lhe restava, como dissemos, um derradeiro acto de machismo, que mostra agora mais plenamente que nunca: ele seria um estorvo maior morto que o fora em vida. Sabia o local. Pelo que tinha ouvido, deve tê-los seguido até à casa discreta. «Quando Arnaldo, muito a custo, conseguiu aproximar-se, já se ouvia, a meio da ladeira, a sirene da ambulância — era o corpo de Daniel Trigueiros. Ele.»

Neste *Ele* vimos um núcleo para uma estória fechada: *Ele* vai impedir a formação de um novo casal.

Porque o fim era tão lógico nos indignámos com a interrogação do sueco Carl-Gustav Berglin: «Então porque se escolheu precisamente o suicídio como remate para este solicitador trivial?»

Muito haveria a dizer sobre esta crítica tão afastada do temperamento possessivo do homem português, ainda que o procure esconder num falso desportivismo de aceitar a retribuição dos seus actos.

Falámos nisso, é certo, ou melhor, eu dei a 'deixa', que logo aproveitaram para considerações várias.

E ouve quem dissesse: «Inconvenientes de uma análise ideológica.» E quem corrigisse: «Ou só ideológica.»

Aproveitei para lhes ensinar técnicas muito simples do romance policial: escamoteamento ou aligeiramento de núcleos importantes, pôr em evidências núcleos pouco importantes, falsos núcleos, como encontrámos uns três ou quarto na nossa estória. No fim, o hábil detective conta tudo: Dá o devido relevo aos núcleos que o deveriam ter, amortece a importância daqueles que a não tinham, passa por cima dos falsos, e a intriga, a diegese policial, está ali, clara, aos olhos do leitor, que a não tinha adivinhado.

Falei em falsos núcleos na nossa estória. É natural que eles se destinassem a criar uma certa 'suspense', mas não chegaram a baralhar o narratário prevenido. Na pág. 61, Arnaldo pensa num quarto, numa residencial. E a atenção do narratário seria desviada para a afirmação: «Manuela parecia exigente quanto a esse pormenor.»

Na pág. 129 a afirmação de Manuela já não tem valor: «Acredita, cada um de nós sabe que o outro respeitará o combinado.» Chamámos ainda falsos núcleos a todas as várias sugestões de aberração sexual. A morte de Daniel, pelo menos, assim o faz supor.

CAP. XIII

AS FIGURAS DA DIEGESE

Servi-me da «Estrutra do Discurso da Poesia e da Narrativa» de M. J. Lefebve para referenciar as figuras da diegese, que ele situa em dois planos: o «eixo horizontal» e o «eixo vertical».
No eixo horizontal situa:
A) 'Intriga' (situações e acções). As 'situações' «pertencem geralmente à vida, poderiam 'existir realmente'. Mas podem revelar-se tanto mais interessantes quanto mais nos pintarem realidades menos frequentes, excepcionais, mesmo paradoxais ou aberrantes».
No eixo das 'situações' localizámos toda a estória, com incidência especial para a figura de Daniel.
As 'acções', movendo-se no eixo sintagmático e paradigmático, criam o 'suspense'.
A iniciativa de Manuela procurar Arnaldo, o telefonema, as 'sombras', o 'pacto', a indefinição de Daniel criam o 'suspense', que encontrámos no divertimento.
B) 'Personagens' — «Constituem o nó da narrativa». Dividimo-las em 'principais': Arnaldo, Manuela e Daniel, e 'secundárias' ou simples 'figurantes': as do Café Estrela e das catálises.
Das personagens principais nenhumas se apresentam psicologicamente idênticas. É certo que Arnaldo e Daniel são

99

dois tímidos e ambos meticulosos. Mas Arnaldo é um indeciso, que precisa das ajudas constantes do narrador e Daniel sabe o que quer, embora o dissimule até à morte. Manuela é decidida como vimos.

C) 'Cenário' — «espaço em que se movem as personagens, onde toma lugar a acção e os 'objectos' de toda a espécie que guarnecem esse espaço. Exteriores e interiores. Estão amiúde carregados de um potencial simbólico».

Quando nos referimos ao espaço, vimos como este estava ligado à acção, à proximidade ou afastamento de uma situação de 'clímax'.

Notámos um 'objecto' que, sem eles saberem, aproximava Arnaldo e Manuela: o móvel negro que estava à entrada, que deprimia Arnaldo, sem saber que Manuela o quisera várias vezes vender.

D) 'Ideologia e ordem', «isto é, valores morais, sociais, políticos, filosóficos e, bem entendido, estéticos e literários, que se destacam do mundo representado e asseguram a sua coerência».

Falámos dos valores sociais, sempre que se apresentou motivo para isso: a mulher do Norte à procura de alugar um quarto que ajudasse a subsistência familiar; as pessoas que vivem desse mesmos alugueres, mas com fins menos confessáveis; os moradores das caves que só vêem a gente que passa dos pés até ao joelho; o nível social do casal Trigueiros.

Valores filosóficos só vimos a «resignação de Sequeira, uma certa sugestão, nesta personagem para a precariedade da vida; ou uma ironia um tanto azeda do amigo, «uma melancólica e terna cumplicidade» perante os casais de namorados do Rossio; «o que me dói é saber que nunca mais isto poderá acontecer comigo. E, senti-lo, é como se a vida tivesse acabado» (págs. 43 e 44).

Notámos os valores estéticos no emprego das figuras de retórica e literárias, na abordagem diferente, de que tanto falámos, quer quanto ao papel do narratário, quer quanto à mistura de géneros.

Embora tendo falado na «natureza dos desvios, no eixo vertical, isto é, dos diferentes modos por que os elementos reportoriados nos domínios A, B, C e D, se afastam do suposto grau zero da diegese (a 'realidade quotidiana' aceite e consagrada por nós, numa dada época e numa dada situação, como normal, habitual, incontestada)», não nos detivémos como no eixo horizontal. O tempo não deu para mais. Acrescento só que esses desvios «se podem dar quer por 'defeito' ('desestruturação', 'supressão' de um ou de vários elementos, no todo ou em parte...); quer por 'excesso, adjunção ou estruturação'. Um desvio pode dar-se quanto à 'lógica' («se tal acção, que devia ordinariamente significar Y, surge, ao contrário, seguida de Z ou da negação de Y»); quanto ao 'normal' (ou que nós assim consideramos); quanto ao verosímil (se uma personagem experimenta um sentimento ou faz uma acção contrária ao que esperaríamos dela). Demos exemplos destes desvios. Quanto à lógica: a atitude mulherenga de Daniel, personagem obscura e apagada, casado com uma bela mulher. Gustav Berglin achou, afinal, a sua morte como um desvio à lógica. Quanto ao 'normal': Manuela ter esperado cerca de vinte anos até resolver a situação com o marido (essa atitude pareceu-nos, aliás, um desvio ao 'normal' e ao 'verosímil'). Quanto ao 'verosímil', a pseudo-aceitação durante tantos anos de uma situação dúbia e sabida como o marido, da parte de uma pessoa tão decidida como Manuela.

Nota: Para um estudo mais aprofundado, remeto para o livro citado, no capítulo VIII — («As figuras da diegese»).

CAP. XIV

MISTURA DE GÉNEROS

Já se viu como o escritor quis chamar «divertimento» às suas estórias, apesar da ambiguidade que este termo pode ter.
Debruçando-nos em «Era um desconhecido», fomos muito sensíveis à mistura de géneros, que se encontra no divertimento. Romance ou novela, simples conto, a verdade é que se encontram ingredientes de vários sub-géneros da narrativa, na sua acepção da palavra: desde o suspense do livro policial, em que não existe um assassínio, mas um suicídio; em que não existe um detective intradiegético, mas um narrador que o substitui, deixando uma personagem principal enigmática até ao fim; Daniel. Escondendo núcleos que só no final são desvendados ou dando alguns falsos núcleos (que já indiquei, no capítulo sobre núcleos), que podem baralhar um leitor desprevenido, enfim muito do que contém este sub-género, que quase não tem sido considerado literário.
Mas tem também o divertimento certas características que o aproximam do género dramático.
Disse que o narrador por vezes se transforma em narratário, recebendo a mensagem das suas personagens. Na verdade, ele é mais que narratário, é público. Efectivamente o narrador usa termos e processos dramáticos. Vejamos essa terminologia cénica: Na página 49 fala em «diálogo teatreiro»;

103

no final do capítulo VI, apetece-lhe «fazer descer o pano»; ...«fazia-se terminar aqui o acto e o pano descia. E porque não?» (pág. 121). Já anteriormente, nas páginas 23 e 24, tinha afirmado: «...o palco terá de agitar-se. É preciso que propostos os actores e esboçada a cena»...

Se não tivesse terminado o semestre, teríamos nós acabado por dramatizar o divertimento: o narrador criou a diegese, deu os indícios psicológicos das personagens e deu a liberdade da criação física das personagens, através de pequenos informantes do seu aspecto; deu ainda a indicação dos cenários: Café Estrela, pensão da senhora Ermelinda, quarto alugado por Arnaldo, parte da casa dos Trigueiros e escritório de Daniel. O encenador faria o resto.

Até a morte de Daniel é teatral: «o corpo estendido junto do elevador», «a pistola caída à beira da mão do mesmo lado» (direito) — pág. 155.

Uma narrativa com menos teatralidade e mais realismo, seria mais verosímil nesta morte. Com efeito, o acto desesperado do suicida fá-lo contrair de tal forma, que o revólver lhe fica engalfinhado na mão. É um dos processos que os investigadores policiais usam para distinguir um suicídio de um homicídio. Além disso, não se fala da têmpora direita fatalmente queimada por um tiro à queira-roupa, como decorre dos conhecimentos médico-legais.

A não ser que Daniel, para não desmentir o estranho da sua personalidade, tivesse dado o tiro na própria cabeça, com o braço estendido! Mesmo assim, o revólver dificilmente cairia com a queda do corpo.

Falámos desse facto e tive oportunidade de lhes ler uma passagem da obra já citada de Todorov «Poética da Prosa», sobre a «Introdução ao verosímil». Dando um exemplo de inverosimilhança no «Mariage de Fígaro», diz que «Beaumarchais tinha consciência dessa inverosimilhança (anotou-a nos seus manuscritos), mas pensava e com razão, que, no teatro, nenhum espectador se aperceberia disso» (pp. 96 e 97).

É possível que a estória venha a ser dramatizada. Mas, se o for que não perca a ironia que atravessa todo o discurso e que, juntamente com a mistura de géneros, e o jogo narra-

dor-personagem-narratário faz o seu principal encanto. As inverosimilhanças de toda esta estória extravagante deveriam ser aproveitadas nesse jogo para espectadores a quem, ainda segundo Beaumarchais, «se prestam de boa mente a esta ilusão, quando dela resulta um imbroglio divertido» (pág. 97).
Também Souriau, citado por M. J. Lefebre, diz: «no teatro qualquer facto anormal, ou à primeira vista impraticável, torna-se interessante desde que se chegue (e é uma grande parte invenção dramatúrgica) a praticá-lo de uma maneira fácil, natural, a torná-lo normal no universo que apresenta» (pág. 214).
Havia, aliás, passagens que não resistimos a dramatizar ou mimemisar.
E não sei porquê, veio-me à lembrança uma missa a que assisti numa aldeia do Caramulo, deveria ter 18 anos. Aldeia pobre, atrasada. O Padre reflectia essa pobreza na batina ou fato remendados. Mais pobre a Igreja, quase ruína. Mas, no meio dessa pobreza, fez-se um cortejo de oferendas para restauro da Igreja, onde chovia de inverno e o vento entrava pelos buracos das paredes e do chão.
O Padre leu na missa os resultados do cortejo e de um leilão, feito das dádivas. O narrador tinha narratários atentos. E tão atentos, que um interveio: «Não senhor, não era bem assim; o lugar Tal só deu isto; o Taloutro é que deu aquilo.» Trava-se o diálogo entre narrador-narratário. Outros intervêm. Já se não poderia fazer a distinção clássica de padre-narrador-falante para fiéis-narratários-ouvintes. E foi um lavar de roupa suja. A Cáritas dava leite, o Prior distribuia-o, os fiéis davam-no aos animais e não às crianças. As mulheres, caladas até então (público submisso) intervêm: «Aquilo não é leite, é pó».
«Mas dão-no aos animais?»
«Pois damos.»
«E eles não ficam nédios?»
«Lá isso ficam.»
«E os vossos filhos andam engelhados. Comem papas de milho sem leite. Se o pó, que é leite, faz nédios os vossos animais, também os vossos filhos ficariam na mesma.»

105

«Credo, abrenuntio! Comparar os filhos da gente ao gado!»

Não sei como, a missa lá chegou ao fim. O narrador retomou o seu discurso, os narratários os seus papéis de ouvintes atentos. Nunca assisti a uma missa tão linda. E tão divertida.

Esta mistura de «papéis» e géneros encontrámo-la no divertimento. Estas passagens de narrador a personagem, a narratário, a público (narratário) foi tão interessante como a missa das Talhadas (chamava-se assim o lugarejo serrano), com a ressalva que separa o discurso quotidiano do discurso literário, como diria Lefebve.

CAP. XV

O ESTILO DO AUTOR

Porque fizemos um levantamento particular dos verbos, especialmente do futuro, incluo-os em três sub-capítulos separados da análise estilística, precedendo-a.

a) *Tempos verbais: seu emprego*

Mereceu-nos uma atenção especial o emprego dos tempos, dos modos, dos aspectos verbais.

De Gérard Genette, «Figures III», li-lhes do «Tempo da Narração» as passagens que mais nos interessavam de momento: «posso muito bem contar uma história sem precisar o local em que se passa, e se esse local é mais ou menos afastado do local onde o conto» (notámos, a este propósito que o narrador nunca diz expressamente que se trata de Lisboa; há várias sugestões e indicações mesmo a locais da capital, como o Rossio — que também existe noutras cidades — o Metro da Avenida, a paralela do Automóvel Clube de Portugal), «enquanto que me é impossível não o situar no tempo em relação ao meu acto narrativo, pois que devo necessariamente contá-lo num tempo do presente, do passado e do futuro».

«Daí vem talvez que as determinações temporais da instância são manifestamente mais importantes que as suas determinações espaciais.»

«A principal determinação temporal da instância narrativa é evidentemente a sua posição relativa em relação à história. Parece evidente que a narração só pode ser posterior ao que ela conta, mas esta evidência é desmentida há muitos séculos pela existência da narração preditiva sob as suas diversas formas (profética, apocalíptica, oracular, astrológica, quiromântica, cartomântica ,etc.), cuja origem se perde na noite dos tempos.» — *op. cit.*, págs. 228 e 229.

Genette explica que vai buscar o tempo preditivo a Todorov, «Grammaire du Décamméron», e é engraçado verificar, como veremos à frente, que nós também o usámos, mas no sentido próprio que Todorov lhe deu na mesma obra, «modo predicativo».

Encontrámos o tempo preditivo (relativo a uma narração que se passa antes da sua realização) no último capítulo, quando a dita senhora Maria responde ao inspector, que a irá interrogar posteriormente e que o narrador coloca habilmente entre parêntesis: «e agora no átrio, agora com o ouvido encostado à porta (ouço mal, senhor inspector, pela minha saudinha que ouço mal)»... «Essa frase impressionou-a bem mais do que a notícia de que alguém morrera (embora, senhor inspector, eu nada tenha a temer das autoridades)» — pág. 154. E, já antes, na página anterior: «...e depois (talvez uns minutos mais tarde, senhor inspector, já não me lembro bem)»... «como acontecia nas horas de almoço (como acontecia nas horas de almoço, senhor inspector)».

Estes tempos preditivos usou-os o narrador, não só para situar uma acção futura, mas por oposição ao que se passa com Arnaldo e Manuela, para nos dar a previsão de que ficam livres do inquérito policial.

Por isso, estudámos à parte os outros tempos verbais.

O tempo por excelência da narrativa é o imperfeito, ensinam todos os manuais, repetem os professores nas aulas, sabiam-no todos os alunos. E é com um imperfeito do indicativo que começa «Era um desconhecido»: «Ia jurar que este...».

Foi Harald Weinreich que consultámos especialmente no estudo dos tempos verbais. Ora, ele faz uma distinção entre o mundo comentado e o mundo narrado, dizendo: «São representativos no mundo comentado — «diálogo dramático, memorando político, edital, ensaio filosófico, comentário jurídico — todas as formas do discurso ritual, codificado e performativo.» O locutor tem aqui uma atitude tensa — os seus propósitos acham-se ajuizados porque aquilo de que fala o toca de perto e é-lhe impossível deixar de tocar igualmente aqueles a quem se dirige. Estão ambos ligados (o locutor e o receptor). Têm que agir e reagir. Todo o comentado é frequentemente, se não sempre, um fragmento de acção.

«Aos tempos do mundo contado correspondem outras situações de locução: uma história de juventude, por exemplo, um relato de caça, um conto, que pode ser inventado, uma lenda piedosa, uma novela muito 'escrita', ou uma notícia igualmente muito «escrita», um relato histórico ou um romance; mas também uma informação jornalística sobre o desenrolar de uma conferência política, mesmo que não tenha grande interesse. O que conta não é provocar no auditor reacções imediatas. Pouco importa à narrativa que a história seja ou não inventada. Pouco importa, enfim, o género literário, que impõe as suas regras em detalhe. É, além das diferenças secundárias, que jogam com os traços da narrativa, um tipo de situação e de comunicação» — «Le Temps», trad. francesa, pág. 33.

A estes dois mundos atribui Weinreich tempos de verbos diferentes, a que chama «tempos comentativos e tempos narrativos».

São tempos comentativos: o presente, o 'passé composé»' os futuros I II (indicativo e conjuntivo).

São tempos narrativos: o imperfeito, o «passé simple», o mais que perfeito o condicional I (presente) e o condicional II (passado) (págs. 36 e 37) — (Fiz umas pequenas alterações na tradução).

Dá seguidamente uma vastíssima série de exemplos desde a antiguidade até aos nossos dias e em diversas línguas.

Fizémos um levantamento na narrativa, dos tempos verbais utilizados.

Vimos, como disse, que começa a sua estória por um imperfeito: «Ia jurar...»

Mas este primeiro parágrafo tinha um peso muito considerável de presentes.

Contámos os tempos entre a página 11 e a página 17 e obtivémos: Presente do indicativo: cento e cinco, sendo três da catálise da sua juventude; presente do conjuntivo: seis. Imperfeito do conjuntivo: quatro. Imperfeito do indicativo: treze (oito na catálise); pretérito perfeito do indicativo: onze (nove na catálise); mais-que-perfeito: seis (cinco na catálise); futuro: dez; condicional: seis (dois na catálise).

Fizemos igual levantamento no capítulo seguinte, entre as páginas 27 e 38, página em que começa o diálogo entre Arnaldo e Manuela. Aqui a frequência dos tempos verbais é diferente.

Encontrámos assim: Presente do indicativo: oitenta e nove; imperfeito do indicativo: oitenta e nove; pretérito perfeito: quarenta e dois; mais-que-perfeito: doze; futuro: cinco; condicional: dezasseis; imperativo: doze.

Notámos, no entanto, que o presente e o futuro são usados principalmente na descrição do protagonista principal, ou até das outras personagens, sejam elas meras figurantes como os habituais do café.

Continuámos o nosso levantamento no capítulo IV, em que já todas as personagens estavam apresentadas, assim como os seus hábitos (no café), os seus próprios tiques nervosos. E obtivemos os seguintes resultados, entre as páginas 59 e 62: presente do indicativo: treze; imperfeito do indicativo: trinta e oito; pretérito perfeito: sete; mais-que-perfeito: dezasseis; futuro: um. O escritor tinha entrado em plena narrativa.

Os presentes e até o futuro tinham servido para apresentar (comentar) as personagens e a sua situação. Os imperativos representam uma conivência e um apelo ao leitor-narratário à diegese. São na primeira pessoa do plural do presente do conjuntivo, isto é, um imperativo. Os tempos narrativos predominam grandemente no desenrolar da intriga.

110

A ideia de brevidade foi até aos nossos dias uma das exigências fundamentais da poética oficial; a ideia de tensão, pelo contrário, só muito recentemente penetrou na poética, sob a forma de «suspense», com a influência de uma estética informacional, com essa mesma ideia. Para esta corrente, que penetrou lentamente a literatura clássica e post-clássica, contribuiu o consenso dos leitores — uma história deve ser apaixonante. Esta exigência nota-se somente nas narrativas. Os autores aderiram de boa vontade e tentaram diversas técnicas para suscitar a tensão.

Para o grosso da literatura narrativa, ser apaixonante tornou-se um critério de qualidade.

Graças a um assunto próprio para impressionar, mas dispondo também de sinais estilísticos de maneira a provocar a tensão, o narrador «cativa» o seu leitor, obriga-o a uma atitude receptiva que contrabalança, em parte, a calma da atitude inicial. Atém da escolha do assunto, recorre, então, aos sinais sintácticos do comentário e, antes de tudo, aos tempos comentativos: discurso directo, presente histórico, etc. Conta como se comentasse. Este «como se» é um elemento central na literatura narrativa, aquela, pelo menos, que se esforça por produzir narrações apaixonantes.

«Quando uma narrativa é fortemente marcada pelo discurso directo, é desejável separar, na análise, as partes dialogadas das que constituem um relatório do narrador. O presente é o tempo mais frequente dos tempos comentados: caracteriza, pois, uma certa atitude de locução. Ao examiná-los mais de perto, certos empregos do presente vão revelar-nos a especificidade do mundo comentado e dos tempos que se ligam a ele.

«Uma história, um romance ou uma notícia contam-se geralmente no passado, enquanto que se recorre ao presente para fazer um resumo». (Weinrich, «O Mundo Comentado», pág. 39).

Isso mesmo quisémos demonstrar, com os nossos diversos levantamentos de utilização dos tempos verbais, no «divertimento».

b) *Os modos de Todorov*

Debruçámo-nos ainda sobre os modos de Todorov, já ligeiramente abordados na obra citada «A gramática da Narrativa», na pequena recolha feita por R. Barthes e traduzida nas Edições 70, e mais desenvolvidos pelo brasileiro Segolin, na obra citada.

Expliquei-lhes que Todorov considera os cinco modos divididos em três grupos:

I — *O indicativo* ou modo zero — modo das acções realizadas.

Observámos que esta afirmação não é sempre certa e demos exemplo do livro: «Arnaldo vai responder» (pág. 50). É certo que se trata dum futuro próximo, mas indicativo e a acção não está realizada, vai realizar-se.

Na mesma página: «Incomoda-a que eu fale dele?» Um tempo zero, mas não de acção realizada, mas de acção a realizar ou não.

Quando, na página 54, Manuela afirma: «Mal o conheço», está, é certo, a fazer uma afirmação do que se poderia chamar acção realizada, mas há muito mais um convite implícito a uma acção a realizar: a de o conhecer melhor.

Encontrámos «montes de exemplos», que nos puseram em discordância com Todorov. Mas não precisamos de concordar sempre com os mestres ou chavões...

II — *Os Modos da vontade ou volitivos:* os das acções que se têm de realizar, subdivididos em dois modos — O *«obrigativo»* (como lhe chama Segolin) ou obrigatório, isto é, acções a realizar em obediência a uma lei social. Não o encontrámos em «Era um desconhecido», embora as atitudes de D. Teodora e de D. Doroteia, ao desconfiarem que alguma coisa se passava de menos correcto para os seus ditames sociais, e que as levou a abandonar o café, pudessem originar verbos deste tipo. Só um tempo verbal, no entanto, se poderia considerar obrigativo: «Provavelmente, a D. Teodora... *deixaria* o café.» Mas o seu condicionalismo deixou-nos dúvidas e preferimos «guardá-lo na memória» para uma próxima ocasião. *Modo «optativo»*, que depende não de leis sociais, mas de uma vontade individual. Encontrámo-lo com muita frequência, quer em tempos do imperativo, quer do indicativo («Vou-me embora» — pág. 136), quer do condicional («Não voltaria ali» — pág. 137). Mas encontrámo-lo, frequentemente, no futuro, que desenvolvemos mais detalhadamente, pelos seus aspectos mais modais que temporais, como se verá à frente.

III — *Os Modos da hipótese*, ou sejam os modos condicionais de preditivos. O condicional, depois de saberem que se tratava da condição, expressa na oração e não do modo, como o tinham estudado, não ofereceu grandes dúvidas, a não ser na sua distinção de preditivo (também relacionado com orações condicionais).

A distinção teórica nasceu da prática e começou, por acaso, numa oração não concluída, na pág. 42: «Mas se preferir Manucha...». Pedi-lhes que concluissem o pensamento de Manuela. «Pode tratar-me assim», «pode chamar-me assim», «poderá chamar-me assim». Aqui trata-se de um condicional: a primeira acção obriga ou implica a segunda, depende da vontade do sujeito.

O preditivo implicaria qualquer coisa como esta conclusão: «o meu marido ficava ofendido». O sujeito já não é Arnaldo, de cuja vontade depende a primeira oração condicionante, mas o marido, e as consequências não dependem já de Arnaldo; pelo contrário, ele poderá vir a sofrê-las.

Outro exemplo, da pág. 54: Diz Manuela «Se eu tivesse acedido ao seu ...convite, seria a primeira vez.» Modo condicional. Só a vontade de Manuela a levaria a ceder ou não ao convite. Aproveitei logo a frase para a transformar em modo preditivo: «Se eu tivesse acedido ao seu ...convite, o meu marido concordaria» ou «zangar-se-ia». Manuela acederia ao convite, mas o resultado do que acontecesse já não dependeria da sua vontade, mas da do marido.

Modos «condicionais» encontrámos muitos (assim, na pág. 76 — «Se quiser telefone-me amanhã» — o telefonar ou não depende da vontade de Arnaldo).

O mesmo se não pode dizer dos preditivos. Tínhamos sempre que partir de um condicional e modificar a frase, como fizemos nos exemplos que citei e em muitos outros, como o da pág. 89: «Acabou, se você quiser.» Só depende da vontade de Arnaldo (é Manuela que fala). O mesmo se não poderia dizer no exemplo transformado: «Acabou, se o meu marido assim o entender.» Já a vontade não seria de Arnaldo (nem de Manuela), mas de um terceiro, que poderia, além de tudo, fazer recair o acto sobre Arnaldo.

Interessou-me, sobretudo, que compreendessem esta classificação modal de Todorov que vieram, como disse, a encontrar, embora sem o mesmo desenvolvimento, na recolha de Roland Barthes, que analisariam em grupo.

c) *Futuro e seu aspecto verbal*

Reservámos, como disse, um capítulo especial para o futuro, que não achámos só pertencer ao mundo do tempo comentado, mas apresentar aspectos que, habitualmente, lhe não são inerentes. (Aliás, o futuro, como lhes disse, é um tempo com tendência a ser substituído na sua vocação temporal pelo presente do indicativo ou por um tempo perifrástico).

O futuro apresenta, pois, aspectos, que não condizem nem com a sua «vocação temporal», nem modal. Chamámos-lhe, segundo os vários aspectos: dubitativo, imperativo ou optativo, ou até apelativo, e especulativo.

Por exemplo, e à falta de melhor denominação para o aspecto verbal, chamámos futuro especulativo ao que se encontra na seguinte frase: «as horas breves que nem sempre *serão* muitas»...

Também demos a mesma designação ao futuro anterior que se encontra na página 30: ...«nenhuma repercussão do que *terá acabado* de ler».

Já chamámos futuro imperativo ou optativo, ou até apelativo, aos tempos que encontrámos a pág. 31: «O leitor *irá* ajudar-me a inventá-los. *Faremos* por tentativas.»

Na pág. 36 encontrámos um futuro a que chamámos dubitativo: «...o meu único trunfo de narrador estará num clima de mistério»... Igualmente dubitativos: «Para ti, *será* um '*pormenor*', mas não para ela. Nem para nós, leitores, que não pegámos nesta narrativa para, de repente, a fazermos rebentar como um balão» — pág. 67.

Mas continuemos a analisar estes futuros: na pág. 50, «Arnaldo *dirá* de improviso» (dubitativo-afirmativo) e logo na pág. 63 encontramos o mesmo aspecto verbal: ...«já não *será* casado, já não *passeará* a mulher e os filhos».

Na pág. 88 os futuros têm um aspecto imperativo: «Manuela *terá* de repetir»... «e *repetir-se-á* igualmente a respiração ofegada»... «Quando responder, *haverá* uma mudança no timbre e no ritmo das frases». E continua o futuro com o mesmo carácter de obrigatoriedade, na pág. 91: «A pausa agora *terá* de ser de Arnaldo. Portanto *deveremos* descrevê-lo de testa afogueada»... E ainda na mesma página: «Aceito que não seja uma situação vulgar, mas pode ficar certo de que a *achará* documentada e razoável.» E na pág. 101 ainda o mesmo aspecto obrigatório: «As coisas *terão*, de facto, de se passar assim.» E Arnaldo *terá* de responder: ...«E o marido, num olhar inseguro, como que *pedirá* o consentimento da mulher.»

Não tive agora a pretensão de esgotar todos os futuros, como aconteceu nas aulas, em que esmiuçámos toda a estória, sem lhe quebrar o interesse, obtido pela leitura expressiva em voz alta e pelo constante descobrir de coisas novas, mesmo que fossem já repetidas.

Poderia afirmar, sem receio de errar, que este interesse dos alunos não mostra menos o incontestado valor da obra que a sua recente terceira edição de doze mil e quinhentos exemplares. O aluno que estuda por obrigação e não se fatiga é um barómetro muito seguro.

CAP. XVI

ANÁLISE ESTILÍSTICA

Antes de abordarmos esta pequena análise estilística, disse-lhes que iríamos utilizar sobretudo Wolfang Kayser, mas relembrámos uns poucos estilistas de que tínhamos falado, para os distinguir e justificar a nossa escolha. Lemos, a propósito, uma passagem da *Análise e Interpretação da Obra literária*, de Kayser: «Se dermos crédito à opinião mais moderna, entramos num campo que não se deve considerar apenas como um sector central da ciência geral da literatura» (pág. 301).

Mas eles tinham ouvido já referências a investigadores deste ramo mais antigos, nomeadamente Vossler e Spitzer (de que alguns tinham escrito os nomes juntamente com o de Bally) e quiseram saber por que eu tinha escolhido Kayser. «Porque Kayser é mais moderno». Mas, utilizando o próprio Kayser, fiz uma breve citação: «Tanto Vossler como Spitzer fizeram parte da «Escola de Munique». Mas há pequenas divergências dentro da escola. A Vossler, o que interessava era, em primeiro lugar, o aspecto estético da língua, ficando o próprio escrito em segundo lugar.

Tal separação, para Spitzer, representante da outra corrente, não existe de maneira alguma. A sua interpretação estilística não visa, em primeiro lugar, o aspecto estético, mas sim o psíquico» (Kayser, in *op. cit.*, pág. 307).

117

Li ainda duas passagens de Carlos Reis sobre os dois investigadores de Munique. Vossler afirma: «Aceitamos a ciência da linguagem tal como nós a desejamos: constituída fundamentalmente idealística e esteticamente. Recordemos que toda a expressão falada deve ser explicada, como livre criação individual do indivíduo que fala.» (Carlos Reis, «Técnicas de Análise Textual», pág. 146).

Sobre Spitzer, além de afirmar que sofreu «nítidos influxos da psicanálise freudiana», diz: «referimo-nos ao facto de Spitzer, encarando o estilo como desvio (o que não constitui uma atitude isenta de riscos), sugerir necessariamente a valorização dos elementos de carácter técnico-formal que, no texto literário, materializam tal desvio» (pág. 147).

Fiz-lhes notar que o estilo é, talvez, a marca mais subjectiva do autor, aquela que mais perdura na sua obra e que pode ser conotada com a sua «outra vida» ou com a sua maneira de ser.

Pode-se fazer uma análise literária sobre uma obra, sobre um escritor, sobre uma fase da vida desse escritor (estilo da juventude, estilo da maturidade, estilo da velhice), sobre uma geração, uma corrente, uma época, uma escola.

Neste caso estudámos só o estilo da «nossa» estória. É pena não o podermos ter estendido a todo o livro ou, ainda mais, a toda a obra em prosa de Fernando Namora. Para ver as «marcas de autor» e se elas variaram tanto como a sua nova abordagem.

Não se julgue que nos limitámos a dissecar o «Era um Desconhecido», aplicando-lhe apenas análises linguísticas, por mais interessantes e adaptadas ou/e adaptáveis que elas fossem. Falámos diversas vezes da fina ironia que atravessa todo o divertimento. Essa ironia começa logo no início. Há um sorriso que chega aos lábios do narratário quando lê «Ia jurar que este tipo é explicador de meninos cábulas», principalmente pelo emprego de três palavras: *tipo, meninos cábulas*.

É preciso notar que não falámos em ironia no sentido clássico da figura retórica: sugestão do contrário daquilo que se diz efectivamente (ex.: «que belo rapaz me saíste!» — quando alguma coisa nos desagrada no dito rapaz). Falámos antes

118

com o sentido que se dá a algo que faz sorrir, ou mesmo rir sem ofender, por oposição a sarcasmo.

Como disse atrás o soriso, o riso, os àpartes acompanharam toda a leitura. Até a morte de Daniel é apresentada com um certo humor. A maneira como Arnaldo é apresentado pela primeira vez pelo narrador com o nome completo, Arnaldo Dias Costa, a imprecisão na maneira de contar o suicídio, que noutro lugar apresentei como sendo mais próprio do teatro, tudo nos aparece no metalogismo da ironia.

Este humor brincalhão não é ocasional: ele situa-se, ao mesmo tempo, na maneira um tanto jocosa do narrador se misturar na diegese, entrando e saindo como narrador, personagem ou narratário, e na inclusão do leitor nessa mesma diegese. Esse jogo de mistura narrador-narratário, narrador-personagens ou narrador-narratário-personagens, é geralmente acompanhado das primeiras pessoas quer do singular quer do plural, como quando fala do micro-mundo do Café Estrela: «sentimo-nos bem, já disse, o corpo lasso, esquecido, a atenção vigilante, mas dispersa, sem um fito preciso» (pág. 18).

«O Café Estrela era a província transplantada na cidade. A ilusão, porém, durava uma hora, aquela hora. Tinha o espaço do próprio café. Um passo além da porta e a cidade voltava a ser cidade, a dissolver as pessoas» — pág. 98.

Humor bastante realista para ser quase «humor negro».

O narrador brinca: com as personagens, que ora finge dominar, ora finge ser por elas dominado. Brinca com o tímido Arnaldo, transformado em conquistador, com o tímido, meticuloso e algo ridículo Daniel, femeeiro incorrigível e 'machista' até ao limite. Brinca misturando os géneros, brinca com o emprego quer de eufemismos quer de palavras populares.

Esta comicidade, que faz com que o leitor, antes de se sentir narratário, leia o divertimento com o agrado repousante de algo diferente, leve como «a agilidade de gata arisca» das «pernitas de pardal» de D. Doroteia. E não será ela também que ajuda a desmistificar a literatura, dando ao leitor a ideia de que escrever é tão agradável como ler?

119

Não usa muito a adjectivação. Quase diríamos que a guarda para aquela enigmática e formosa Zeferina Manuela Manucha (conforme os gostos e a intimidade de cada um). Aos adjectivos vêm juntar-se o que chamámos 'substantivos qualificativos', que só ou juntamente com os adjectivos qualificam Manuela: «uma magnífica flor no seu *apogeu*. Um dia mais e começará a fanar; um dia menos e sentimos que lhe falta um nada para se abrir em todo o seu *esplendor*» (na pág. 22, em que vimos ainda a expressividade dos verbos fanar e abrir, relacionados metaforicamente com a personagem, através de 'flor').

Substantivos ajudados por adjectivos expressivos: «O conjunto tem uma *estranha harmonia*, e mesmo uma *paradoxal suavidade*». Substantivos e adjectivos que, às vezes, se diriam mais próprios para caracterizar um animal: «Aprumada, quadris robustos, silhueta altiva, um animal de raça» (pág. 24). E ainda: «um *pedaço*... de mulher, um *espécime de mão cheia*». Substantivos e adjectivos que parecem 'atirados' aos narratários-leitores: «a essa *intrusa*, que, de tão vistosa, passava, de certo por *descarada*» (na mesma página). E logo na página seguinte: ...«de tão apetitosa desconhecida do café. *Apetitosa* ou *berrante*? Escolham, por favor». Na página seguinte: «A mulher, sem mudar de postura, está ali por dever de ofício. Sem *enfado* ou *vibração*.»

Substantivos, adjectivos e verbos expressivos. Discretos ou atrevidos. Como a mulher que qualificam.

Continuámos ainda a citar: «A altivez? O que nela haverá de excêntrico, de vistoso? O rosto de *sombras* e *luminosidades*? O *secreto langor* da mirada? A *vibrátil harmonia* do corpo?» Mais à frente: ...«daquela *soberba* mulher, *soberba*, sim, não estava a exagerar» (pág. 87). E ainda na pág. 127: ...«a *fogosa* mulher».

Notámos, pelo menos, dois neologismos, um com o seu errinho de ortografia: o carro 'lexivisado' por dentro e por fora. Interessante, mas lixivisado não seria pior (pág. 12); ...«os despreconceitos têm limites».

Já vimos como os tempos verbais correspondem aos da narrativa (ou mundo narrado) quando as personagens estão

120

prontas a entrar em acção ou agem; ao presente e, por vezes futuro (mundo comentado), quando no-las apresenta em novas situações.

E tudo isto num estilo coloquial, de períodos curtos, numa linguagem corrente, que mais ainda aproxima o narrador do narratário e este das personagens.

CAP. XVII

FIGURAS DE RETÓRICA

Antes de falarmos nas figuras de retórica, disse-lhes como esta ciência, a Retórica, remonta a Platão, é retomada por Aristóteles, constitui disciplina à parte, primeiro nos 'curricula', depois nos compêndios escolares durante séculos, para deixar de ser estudada, ou quase, a partir do séc. XIX, que a 'desconsiderou', talvez por demasiado clássica.

A Retórica volta a aparecer ligada à Linguística e tem sido objecto, quer de capítulos de estudos relacionados com a Linguística e a Literatura, quer de estudos separados como os de J. Dubois, *Rhétorique Générale* ou os do Grupo (Mega) do Centro de Estudos Poéticos da Universidade de Liège, *Rhétorique Générale*.

A ironia leva ao emprego de certas figuras de retórica mais evidentes, assim como ao exagero da caracterização de Manuela. A hipálage, que notámos com certa frequência, não será fruto de montagem da ironia, o mesmo acontecendo com certas metáforas e certas gradações quase hiperbólicas, como as que cito à frente?

Encontrámos, pois, metataxes, isto é, hipálages e quiasmos (que levam a uma mudança da ordem normal). Mais hipálages que quiasmos.

Mas cito umas tantas hipálages, que, até pelo ineditismo que caracterizam algumas, merecem uma referência especial:

123

(os cabelos) «Parecem despenteados, mas não estão, enfim os *dedos* calculadamente distraídos no tufo dos cabelos»... (pág. 11). Logo a seguir na pág. 13: ...«um por favor» cerimonioso, mas correcto, um *dedo didático* espetado *no alto;* «lança um olhar *preguicento* em volta» (pág. 17) ...«uma bica *remansada*» (pág. 19) ...«o fumo *preguiça* acima da mão, ligado à luz *arrefecida*» (em luz arrefecida vimos uma catacrese).

Mas, como disse, outras figuras de retórica foram encontradas e analisadas. Sinestesias, por exemplo; ...«o manusear do isqueiro, que corresponde com infalibilidade à *saboreada pressão do dedo*»..., onde se viu também uma metáfora — pág. 13.

Chamámos, com Kayser, *sinestesia* «à fusão de diversas impressões sensoriais na expressão linguística». Ou ainda, exemplificando e descodificando um pouco: empregar uma expressão linguística própria de um sentido, a outro. Ex.: «Era tanto o barulho que até se via» ou «via-se o barulho lá fora». O barulho não se vê, ouve-se. Outro exemplo usado na expressão visual: «cores quentes e frias».

Como encontrámos ainda na pág. 21: «Nem lhe tinham faltado ingredientes de paladar *extravagante*» (ao começo da aventura).

Havia alunas extraordinariamente sensíveis às figuras de estilo e que não deixavam escapar uma. Foi assim que notámos o quiasmo da pág. 23: ...(cabelos) «simultaneamente faustoso se vulgares ou vulgares porque são faustosos». Vimos ainda um quiasmo subentendido na pág. 46: «Eles eram conhecidos, desconhecidos, ou o inverso».

O narrador usa ainda eufemismos, às vezes para corresponder à timidez ou pudicícia de Arnaldo ou ainda à sua falta de coragem de encarar a vida. Quando Arnaldo vê a decrepitude de Sequeira escolhe a palavra mais branda, para um e para outro, que lhe vem à cabeça: «Emagreceste» (pág. 67). Ou é a atrapalhação de não encontrar as palavras próprias da sua ideia do que se deve dizer quando há senhoras; embora exista a sugestão, Arnaldo avança a medo: «Não estamos longe de minha casa. Vivo só num quarto.» E aflige-se quando pensa que a ofendeu, embora a iniciativa do encontro tenha partido dela. Foi neste não saber que fazer, nesta situação embaraçosa, que levou à função fática da linguagem, que vimos o que chamámos situação eufemística. Mas encontrámos eufemismos mais nítidos: «...isto é, acham que... como dizer?... me sentirei psicologicamente apto a uma atitude colaborante?», pergunta Arnaldo quando sabe o que o casal Trigueiros espera dele (pág. 119).

Na pág. 127 notámos ainda, pelo menos, o vulgarizado «dormir com» (coucher avec): «Mas nunca dormi com nenhum deles.» Na pág. 127, diz o nosso 'conquistador' quase em desespero de causa: «Mas já não é comigo aceitar ou não os vossos caprichos?» «Caprichos?» — admira-se Manuela. «Usei a palavra menos agressiva.»

A timidez de Arnaldo em chamar as coisas pelo seu nome nota-se em eufemismos tanto mais justificáveis quanto maior era a sua atrapalhação: quando encontra Sequeira, o 'esplêndido', tão modificado, recorre a um eufemismo para lhe falar do apartamento: «o apartamento das taças, isto é dos troféus».

A metáfora é uma figura de estilo que se encontra com muita frequência. Joga normalmente com as conotações várias das palavras ou até de uma frase, como por exemplo: «A juventude vive num mar de sonhos e de esperança de realizações na vida.» «Gosto de, no inverno, ouvir palpitar o fogo.» Há uma comparação implícita.

Por extensão, como os sinónimos nunca são literalmente sinónimos, podemos dizer que a linha paradigmática das palavras joga, por vezes, metaforicamente, no plano semântico. Exs.: «A gaivota razava o mar» (ave). «A gaivota sulcava o mar de leite» (duas metáforas: gaivota=barco; mar de leite=mar sem ondas).

Além das metáforas mais correntes, há algumas que têm nitidamente um valor poético, como a da pág. 77, que serve também de informante de tempo: «A fadiga da tarde a colar-se na larga vidraça».

Não quero deixar de referir as personificações que nos merecem a atenção pela sua beleza poética: ...«o silêncio súbito ruge. É preciso calá-lo». Aqui vimos também oxímoros.

125

E duas mais, de grande beleza, na pág. 115: «as sombras dos recantos movem-se em bicos de pés». Na mesma página: «a atenção começa a doer-lhe». Ainda na mesma página encontrámos outra personificação, que não tendo a mesma beleza poética das outras, é feliz, e que se vai encontrar, numa homologia, na página 115: «uma obscura e indecente lógica».

As gradações, não tendo a mesma frequência das metáforas, são, também, muito frequentes. Escolho a que foi mais comentada: «O *fogo* não arde. Ele *enerva-se, furta-se, sufoca-se* — algures uma *queimadura*, nela concentra-se a *angústia* e a *febre*. E, no entanto, Arnaldo não tem dúvidas de que aquela mulher o faria explodir em *cio violento*»... (pág. 123).

Encontrámos, claro, mais figuras de estilo.

Na pág. 17 vimos uma *catacrese*: «e a colmeia do café». Mais duas catacreses na pág. 20: «conversas mais encrespadas», a «via-sacra da vida»; outras duas na página seguinte: «ânimos azedos» e «pôr água na fervura dos protestos dos clientes».

Tivemos que caracterizar esta figura, cujo nome desconheciam e que confundiam com a metáfora. Servi-me de Kayser, que distingue entre «*metáfora*», isto é, «a transferência de significado de uma zona para outra que lhe é perfeitamente estranha desde o início» e '*catacrese*', nome com que se designa o emprego impróprio de uma expressão. Esse uso pode ser até errado (bebeu a sopa, colheu batatas), mas pode também servir propósitos especiais e aproximar-se então da metáfora: lágrimas eloquentes, luz emurchecida (in Kayser, *op. cit.*, pág. 120).

Na pág. 21, encontrámos ainda um oximoro: «o alarido entorpecente das vozes»; e logo na pág. 23 encontrámos outro: «num fragor que se não ouve». Também lhes disse que, normalmente, o oxímoro é englobado pela antítese, na medida em que há duas ideias antitéticas ou de sentido contrário.

O narrador usa o paralelismo, a que Todorov chama paralelismos das fórmulas verbais (os detalhes), para reforçar uma ideia e fá-lo ainda com uma ironia bem disposta (não é pleonasmo, não, também há ironias mal dispostas!).

Assim, repete nas págs. 17, 18 e 21: «Sentimo-nos bem» (no café), em que se identifica com uma personagem.

Na página 73: «Temos, pois, o nosso herói...» repetido na página seguinte: «Temos, pois, o nosso herói...» Na pág. 100 repete: «E agora Arnaldo?», expressão que já tinha usado na página 96.

Na narração do pacto, Daniel sente, como não poderia deixar de ser, embaraço. O narrador 'brinca': ...«acho que lhe devo uma explicação» (pág. 108); «Devemos-lhe, de facto, uma explicação» (pág. 109).

Tanto como as figuras retóricas, interessou-nos a pontuação usada pelo narrador. Nada, ou quase nada de interrogações enfáticas e ainda menos de exclamações. Uma pontuação coloquial, como a sua linguagem.

Mas chamou-nos a atenção a deliação das reticências, isto é, a sua ausência, acabando a frase com um incisivo ponto final. Escolho quatro exemplos: «Uma imagem a esvair-se até ficar parada. Até deixar de ser.» (pág. 68) «O Sequeira, o esplêndido Sequeira.» (pág. 66). «Tinha de saber. Tinha de.» (pág. 133). ...«precisamos todos de saber ser.» (pág. 34)

Não acabámos sem estudar a substantivação, os adjectivos, os advérbios e os verbos. Já disse como os primeiros nos aparecem quer na sua acepção própria, quer com o valor de adjectivos (sobretudo na qualificação de Manuela). Os adjectivos e os advérbios, embora expressivos, são vulgares. O mesmo acontece com os verbos.

Numa palavra: o narrador usou uma linguagem directa e precisa para a sua estória insólita, em todos os aspectos, de que o que não menos nos interessou foi a extravagância da situação: «Mas as coisas mais inverosímeis onde acontecem é na vida.»

As mais diversas análises nos interessaram e, por isso, as fizémos. Assim como nos interessaram as figuras de retórica, o nível da língua corrente, nalguma vezes, poucas (e que já citei) o raiar pelo cuidado, sobretudo nas metáforas e personificações quase poéticas que referi.

127

Mas interessou-nos muito mais a tentativa de chamar o narratário à diegese ou a simplicidade brincalhona da mistura de géneros, como o 'suspense' dos livros de mistério.

Tudo isto nos levou a concluir que Fernando Namora está no «balbuciar» já agradável de uma nova forma de literatura e não no seu cume, como tão mal nos soou no bem intencionado, mas infeliz, Berglin.

E ficamos à espera: O escritor tem que continuar uma tão interessante abordagem literária.

Novas vivências, novas formas, novos temas.

A entrevista que o Escritor nos deu — de que falarei à frente — em nada alterou as nossas esperanças. Pelo contrário, confirmou-as.

CAP. XVIII

OUTRAS ANÁLISES LINGUÍSTICAS

a) *Claude Bremond*

Por me parecer a mais simples, começámos pela análise triádica de Claude Bremond, nos seus 'Possíveis Narrativos' *(op. cit.)*.

Partimos do *ciclo narrativo:* «Toda a narrativa consiste num discurso integrando uma sucessão de acontecimentos de interesse humano na unidade de uma mesma acção. Onde não há sucessão, não há narrativa»... Onde não há integração de uma sucessão, não há narrativa, mas somente *cronologia*, enunciação de uma sucessão de factos não coordenados. Onde, enfim, não há implicação de interesse humano, não pode haver narrativa, porque é somente por relação com um projecto humano que os acontecimentos tomam significado e se organizam numa série temporal estruturada.

Daqui partimos para a tríade, perspectivada em nomenclatura diversa:

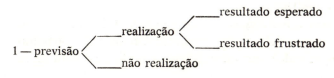

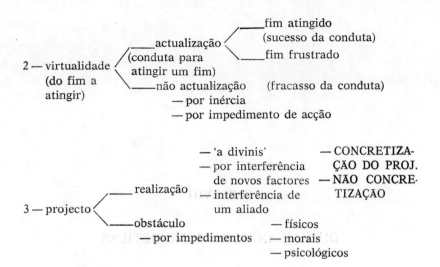

Começámos pelo Projecto — (A):
Não se realiza, devido a qualquer obstáculo. Mas pode haver um factor ou um aliado para superar esse obstáculo (A+b) e temos de novo a tentativa de realização do projecto. Esta pode encontrar outro obstáculo, mas há novamente um adjuvante que o supera (A+b+c), para levar outra vez à tentativa de realização. Pode, assim, estender-se a diegese virtualmente até ao infinito, na verdade até à realização ou não realização do projecto. Traduzindo para a nossa estória, temos:

Fim a atingir: acabar com a monotonia da vida de Arnaldo (A).

Este fim encontrou logo o obstáculo da timidez de Arnaldo (quer por inércia, quer por impedimento psicológico).

O início de namoro de olhares não conduzia a nada. Foi Manuela que deliberadamente se fez encontrada com ele e, coagindo-o pelo olhar, o levou a tentar a realização, combinando um telefonema para o dia seguinte (A+b).

O telefonema, o encontro no Rossio e a procura de quarto pertencem à realização.

Surge um novo *obstáculo* no segundo telefonema e na estranha proposta dela de se encontrarem os três (Arnaldo, Manuela e o marido), em casa deles. A realização está seria-

130

mente ameaçada por este obstáculo moral e psicológico. Mas o desejo que Manuela nele provoca, talvez alguma curiosidade e o próprio narrador levam-no a superar de novo o obstáculo (A+b+c).

Entra-se numa nova realização. Em casa deles, Arnaldo fica a sós com Manuela-Manucha e esta beija-o sabiamente, oferecendo-se. O marido aparece, sendo em si um novo obstáculo.

À tentativa de fuga de Arnaldo, ele responde, contando o pacto feito com a mulher, em que Arnaldo entrava numa passividade-activa. Tudo isto é tão extravagante que funciona como o mais sério *obstáculo*. Arnaldo não aparece durante três dias.

Ao vago desejo que experimentava por Manuela junta-se a lembrança daquele beijo. E o desejo aumenta. E o narrador incita-o (A+b+c+d).

Arnaldo volta a casa deles, tentando uma nova realização.

A presença do marido, que entretanto sai, mas fica presente «nas sombras», o seu gesto brutal de tímido-em-superação-de-timidez, tentando levar Manuela à força para o quarto e a recusa deste processo por Manuela são um *obstáculo* que julga intransponível. Decide-se pelo abandono.

Mas a lembrança do quarto, lançada insidiosamente pelo narrador, a sugestão que Manuela lhe tinha dado de tentarem noutro lugar, sem a presença do marido, levam-no a nova tentativa de realização, que desta vez se concretiza (A+b+c+d+e). O fim é atingido.

Aplicando a mesma tríade ao pacto do casal:

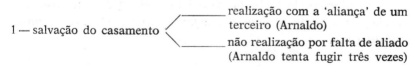

2 — novas tentativas de realização, novos obstáculos por falta de aliado

3 .—⟨ fim atingido — Manuela realiza o pacto.
    ⟨ fim frustrado — Daniel suicida-se e o casamento não se salva.

131

Não se julgue que a nossa análise lógica da estória foi uma espécie de expressão algébrica. Muito longe disso.

Por exemplo, o suicídio de Daniel deu origem à eterna discussão: será o suicídio uma fuga ou um acto de coragem? De um modo geral, concluímos pela fuga: a escolha de um mal radical para evitar o tormento prolongado ou insustentável.

Vimos ainda que a morte de Daniel o poderia reabilitar aos olhos do narrador e do narratário. E de Arnaldo?

Daniel tinha sido uma figura em ascenção: de simples acompanhante de Manuela, passa a personagem, mas personagem que desperta antipatia. *Mors ultima ratio!* (Oh! como eles adoram uma expressão latina... Parecem as velhas beatas no tempo ainda próximo dos grandes sermões retóricos: — Não percebi nadinha, mas era tão bonito!... Eles reagem bem à comparação, rindo-se.)

Tudo acaba com a morte. Como interpretar a única utilização feita pelo narrador do nome completo de Arnaldo, na última página? «Arnaldo Dias Costa... estava *pálido,* embora tudo levasse a crer que o borborinho do prédio só agora tivesse sido para eles *uma inquietante evidência.*» «Quando Arnaldo, muito a custo, conseguiu aproximar-se» ...«era o corpo de Daniel Trigueiros. *Ele.*» (pág. 155) (Os sublinhados são meus).

Não será este 'Ele' uma barreira entre Arnaldo e Manuela, mais forte que a da existência do marido? O que não pôde ser em vida, não será depois da morte.

Conjecturas a que o narrador não responde. Nem precisa. Embora à primeira vista, pareça uma estória aberta, nós considerámo-la fechada. O célebre triângulo amoroso não se chegou a realizar nem o chegará jamais. O resto... *mors ultima ratio.*

b) *Tzevtan Todorov*

Seguidamente, ensaiámos outra abordagem linguística (ou estrutural, ou lógica, como se preferir), tomando Tzvetan Todorov, através de processos de análise que fez a obras diferentes: «A gramática da narrativa», in «Linguística e Literatura» (Signos 9) ao *Decameron* de Boccaccio e «As categorias da narrativa literária», in *«Comunications 8»* às *«Liaisons dangereuses»* de Leclos.

A primeira foi estudada e aplicada a «Era um desconhecido» em trabalho de grupo. Tiveram uma certa dificuldade em adaptar a terminologia gramatical à narrativa. Depois de terem ultrapassado o 'duo': — 'adjectivo-verbo' num sentido 'iterativo-dinâmico' compreenderam a expressão de H. Paul, citada pelo autor: «O adjectivo designa uma propriedade simples ou que é representada como simples; o substantivo contém um complexo de propriedades.» Assim, os adjectivos 'alegre', 'triste', representam propriedades simples — estado de alegria ou de tristeza.

O 'homem', a 'mulher' representam um complexo de propriedades: sexo, idade (adulto), singular ou colectivo.

Gostaram principalmente das passagens de equilíbrio a desequilíbrio e da procura de novo equilíbrio, que analisaram em macro-sequência (toda a estória) ou nas micro-sequências em que a dividiram. Assim:

Arnaldo vivia num equilíbrio, pelo menos aparente: as explicações, o 'sauna' do Café Estrela, o cinema de vez em quando, algumas aventuras fáceis com mulheres. Manucha traz-lhe um desequilíbrio, com todas as complicações do pacto. O equilíbrio será restabelecido com a concretização do amor--desejo que os dois experimentam.

Zeferina-Manuela-Manucha vivia num equilíbrio, pelo menos aparente, nos primeiros tempos de casada. O desequilíbrio surge com as infidelidades do marido. Volta a estabelecer-se um equilíbrio, primeiro fictício, com o 'pacto' que estabeleceram, depois real, com a consumação do amor-desejo por Arnaldo.

Daniel viveria num equilíbrio entre a mulher, de quem gostava, e as amantes ocasionais; o desequilíbrio teria surgido quando aquela descobriu a sua vida fora-de-casa. O pacto traz um certo equilíbrio, logo transformado em desequilíbrio pelos ciúmes que sente de Arnaldo (sugeridos nos núcleos e confirmados no suicídio). A morte teria sido um equilíbrio, no sentido de ter encontrado a paz. (Os condicionais quanto a esta personagem são devidos à sua indefinição, que até lhe serviu de epitáfio: «era aqui desconhecido»).

Debruçámo-nos, seguidamente, sobre «As categorias da narrativa literária», igualmente de Todorov, mas aplicadas às *Liaisons Dangereuses*. Aqui parecia mais difícil uma adaptação a «Era um desconhecido», de tal modo são diferentes as obras quer na forma, quer no conteúdo.

Mas tentámos e... resultou.

Começámos pela ordem usada e, assim, vimos primeiro a «Lógica das acções» e, dentro desta, «As Repetições». Todorov diz: «Todos os comentários sobre a técnica da narrativa se apoiam sobre uma simples observação: em toda a obra existe uma tendência para a repetição que diz respeito à acção, às personagens ou mesmo a detalhes na descrição» (pág. 213). Em «Era um desconhecido» há uma acção em que se 'encaixa' uma outra, constituindo-se numa só.

O projecto do narrador de quebrar a monotonia da vida de Arnaldo realiza-se através do pacto do casal Trigueiros.

Nesta dualidade-unidade de acção, as personagens da diegese são repetitivamente as mesmas, quer se trate das três principais, quer das quase figurantes do Café Estrela ou da dona do quarto e, muito especialmente, do Narrador.

Os detalhes da descrição são sempre muito reduzidos. «Uma outra forma de repetição é a *gradação*». «Quando uma relação entre as personagens permanece idêntica durante muitas páginas há o perigo da monotonia. A monotonia é evitada pela gradação, com um indício suplementar.» (pág. 214).

Na estória de Fernando Namora a gradação vai surgindo para evitar a monotonia de Arnaldo: primeiro surge a formosa Balzaquiana; depois vem uma confusão de papéis caídos e mãos que se tocam; a seguir, olhares subentendidos. Mas como tudo isso é ainda monótono, surge a conversa, o encontro, os telefonemas, o pacto, as tentativas de fuga de Arnaldo, o Narrador metido a personagem quase omnipresente. Os gestos de ternura seguidos das relações sexuais. O suicídio.

Não houve lugar para monotonia nesta gradação cada vez mais forte. Vejamos ainda o *paralelismo*, constituído por, pelo menos, duas sequências que comportam elementos semelhantes ou diferentes.

Na diegese de «Era um desconhecido» há dois projectos paralelos, que formam uma só acção, como já vimos.

Quanto aos paralelismos das fórmulas verbais (os detalhes) vejamos: «Sente-se bem, enfim, sentimo-nos bem.» (pág. 17). «Sentimo-nos bem, já o disse...» (pág. 18) «ele sente-se lasso, esquecido, sentimo-nos bem» (pág. 21).

«Um modo quase violento de tomar posse do cigarro»... «O tal modo de se apossar do cigarro molestou-o (cheirou-lhe a mulher mandona)» (pág. 28).

«Arnaldo pergunta (Manucha ainda não deixou de fitá-lo, de coagi-lo)» pág. 38. «Arnaldo pergunta (Manucha ainda não deixou de fitá-lo, de coagi-lo)» pág. 39.

«Vamos agora imaginar que Arnaldo»... «Vamos, pois, imaginá-lo» pág. 88.

«E agora, Arnaldo?» pág. 96. «E agora, Arnaldo?» pág. 100.
...«acho que lhe devo uma explicação» pág. 108. «Devemos-lhe, de facto, uma explicação» pág. 109.

O paralelismo é perfeito ou quase perfeito nestes e noutros exemplos que se podem encontrar no «divertimento».

Uma vez compreendidas estas três fórmulas de repetição, passámos aos modelos: O modelo *homológico* é uma simpli-

ficação do de Lévi-Strauss: Todorov tentou dispor de diferentes maneiras os acontecimentos que se sucedem, para descobrir, a partir das relações que se estabelecem, a estrutura do universo apresentado (*op. cit.*, pág. 217).
Nós procedemos de igual modo: o narrador deseja que Arnaldo quebre a monotonia.
Arnaldo sente-se atraído por Manuela.
Arnaldo é envolvido no pacto e tenta fugir.
Não consegue.
O amor realiza-se.
Daniel suicida-se.

O casal faz um pacto para salvar o casamento.
O casal procura a terceira pessoa para a sua relização.
Encontra Arnaldo.
Apesar da timidez deste e das «sombras».
O pacto cumpre-se.
O amor realiza-se.
Daniel suicida-se.

Há uma homologia.
A realização do amor responde quer à quebra da monotonia, quer à concretização do pacto, embora leve ao suicídio de Daniel.

Modelo triádico

Todorov chama a este processo, que vai utilizar, uma «simplificação da concepção de Claude Bremond» (cf. 'Le méssage narrative' — *Comunications, 4*). Segundo esta concepção, a narrativa inteira é constituída pelo encadeamento ou encaixe de micronarrativas (pág. 216).
Aplicamo-lo à nossa estória.
1. Aparição de um projecto: o narrador pretende quebrar a monotonia da vida de Arnaldo.
2. Surge um primeiro obstáculo: a timidez de Arnaldo.

3. O perigo inerente ao obstáculo provoca uma resistência ou uma fuga: Arnaldo resiste e tenta fugir.
4. O obstáculo é transposto pela decisão de Manuela.
5. Encontra um novo obstáculo no telefonema, que o deixa transtornado, pelo que de insólito se disse nele.
6. Procura fugir.
7. A marcação do encontro no café, a recordação de Manuela e o Narrador impedem-no.
8. Em casa do casal, depois do «sábio» beijo de Manuela, Daniel conta o pacto e explica a Arnaldo o que esperam dele.
9. Arnaldo foge daquela casa, cheia de um marido tão estranho e das suas «sombras».
10. A recordação do beijo de Manuela e o incitamento do Narrador levam-no a conceber novo plano de abordagem: escolhe uma hora em que o marido não esteja.
11. A circunstância de ser *sempre o marido*, e mais uma vez, a abrir-lhe a porta, apesar de sair de seguida, levam Arnaldo a proceder com brutalidade. Manuela resiste e os dois compreendem que em casa do casal nada poderá acontecer.
12. Arnaldo resolve acabar com o que ainda não tinha começado e vai comunicá-lo a Daniel.
13. No meio da conversa muda de ideias, com as insidiosas espicaçadelas do narrador, lembrando-lhe o quarto e a «belíssima mulher» para quem fora alugado.
14. Telefonema a Manuela a marcar-lhe encontro fora de casa.
15. Fim atingido: amor realizado, monotonia quebrada, pacto cumprido.
(Suicídio de Daniel)

AS PERSONAGENS E SUAS RELAÇÕES

Todorov aplica nova análise a partir dos *predicados de base*, que resume a três: *desejo, comunicação* e *participação*.

O *desejo* encontramo-lo em todas as personagens: de Arnaldo por Manuela; de Daniel por Manuela e outras mulheres; de Manuela pelo marido e por Arnaldo.

A *comunicação* encontramo-la, de parte de Arnaldo, na procura do local onde encontrar-se com Manuela; de Manuela, nos seus beijos e na alegria que mostra no começo do último capítulo — «Tão jovem como nunca lhe parecera» (a Arnaldo); de Daniel, expondo o pacto a Arnaldo e, finalmente, pelo suicídio que significou a sua não concordância.

A *participação*, que se realiza pela ajuda: há ajuda da parte do Narrador e de Manuela, que levam Arnaldo a decidir-se.

Destes predicados de base deduz Todorov leis ou regras:

Regra da oposição: A cada um dos predicados opõe-se um predicado oposto.

Pudémos verificar que, se os predicados não eram diametralmente opostos, havia, apesar de tudo, oposição: Ao desejo ocasional de Arnaldo acaba por opor-se o início de uma ligação sentimental por Manuela. A indiferença que Manuela deveria sentir por Arnaldo (este deverá só «não lhe desagradar fisicamente») vem a opor-se o desejo e até o amor que sente por ele. O consentimento de Daniel é oposto a todos os seus actos, culminando com o suicídio.

Regra do passivo: Corresponde à passagem da voz activa à passiva. Cada personagem é activa e passiva. Arnaldo deseja Manuela; Daniel também a deseja. Ela é passiva perante eles. Manuela, por sua vez, vem a desejar Arnaldo, que se torna passivo. Confessa que o marido «representa bastante» para ela (pág. 128). Portanto, também este é amado pela mulher.

Por sua vez o casal escolhe Arnaldo para o cumprimento do pacto e o casal é escolhido pelo Narrador para quebrar a monotonia de Arnaldo.

O ser e o parecer: Cada acção pode parecer uma coisa e revelar-se ser outra: A vida de Arnaldo, no começo da obra, parece ser equilibrada. O narrador revela-nos que ela é 'chata, chatíssima'. Manuela parece só querer cumprir o pacto, aceitando assim manter relações com Arnaldo. Vimos a ver que ela quer essas relações. Daniel parecia concordar com o pacto e até desejá-lo. A sua presença inoportuna ou o seu alívio, quando sabe que nada se passou ou passará, o seu suicídio, mostram-nos como o ser é tão diferente do parecer.

Segundo Todorov, existe um novo predicado neste grupo: o de *tomar consciência*, o de *perceber*. Quando Daniel percebe, toma consciência, de que Arnaldo o suplantou, suicida-se.

Transferências pessoais de uma relação: Um sentimento pode transformar-se noutro. Arnaldo parecia só desejar fisicamente Manuela. Vemos como esse desejo se transformou em amor-ternura, particularmente no X capítulo: ...«ele, sorridente, fez-lhe sinal com as mãos para abrandar a marcha»... «Foram caminhando lado a lado, as mãos tocando-se e enlaçando-se — no balançar dos braços — apetecia-lhe apertar aquela cabeça de encontro a si»... (pág. 131). «Subiram no elevador em silêncio, conquanto ele lhe afagasse os ombros, beijando-a ao de leve na testa»... (pág. 132). Também em Manuela houve transformações, como vemos nas frases citadas e ainda: «Quando Manuela o descobriu, a distância, abreviou ainda mais o passo»... «Ao aproximar-se dele, vinha arquejante, mas de expressão luminosa (Arnaldo quase se chocou de a ver tão jovem)».

A transformação em Daniel nunca se deve ter efectuado. Vimos como logo de início procurava por todos os modos evitar aquilo que tinha combinado. E já analisámos que o suicídio foi o fim lógico da sua impotência de guardar para si só a mulher.

Resumindo: Todorov diz que «para descrever o universo das personagens, temos aparentemente necessidade de três noções» — os «predicados», representam uma noção funcional, tal como «amar», «parecer», «fugir», «desejar»; as «personagens» podem ser «sujeitos» ou ser «objectos» das acções descritas pelos predicados e para as quais se emprega o termo genérico de «agente»; «regras de derivação» descrevem as relações entre os diferentes predicados. No interior de uma obra os 'agentes' e os 'predicados' são unidades estáveis, o que varia são as combinações dos dois grupos.

Todorov acha estas noções demasiado estáticas e cria novas regras: as *regras de acção* que vão fazer mover estas relações, dando movimento à narrativa.

Aplicadas aos eixos do *desejo, da comunicação* e *da participação*, teremos em «Era um desconhecido»: *Desejo* (ou seu correlacto — ódio, inimizade): Arnaldo, Manuela e Daniel são agentes. Arnaldo ama Manuela. Esta ama Arnaldo e Daniel; Daniel ama Manuela. No começo este amor é mais implícito que explícito (excepto o caso Manuela-Daniel, Daniel-Manuela). Arnaldo tenta fazer-se amar (ou desejar) por Manuela — procurando o quarto, procurando-a a ela até em casa dela, o que lhe repugna, levando-a para o quarto. Manuela procura inicialmente fazer-se amar por Arnaldo, para cumprir o pacto, mas é queimada no fogo que ateia.

Daniel parece desejar Arnaldo para parceiro no pacto. De facto, há indícios que nos levam a crer que assim não é. E na conversa travada entre os dois, no capítulo IX, sente-se a tensão de inimizade que os dois homens mal escondem.

Comunicação: Podemos aplicar-lhe os verbos *desejar, procurar, fingir, amar, compreender* e *suicidar*.

Os agentes surgem dois a dois ou englobam-se os três. Arnaldo (agente) deseja (predicado) Manuela (agente) e *procura* um *quarto* para se encontrarem. Manuela *ama* Arnaldo e *finge* só querer cumprir o pacto, quando lhe recomenda que diga ao marido que o vão cumprir noutro local que não a casa. Daniel *ama* a mulher e começa a *odiar* Arnaldo, quando *compreende* que esta *ama* Arnaldo. *Finge* estar de acordo, mas *suicida-se.*

Participação: Arnaldo, Manuela e Daniel são três agentes. Manuela e Daniel têm com Arnaldo a relação de, com ele, pretenderem salvar o casamento. Quando Daniel compreende que Arnaldo e Manuela se entendem para além do cumprimento do pacto, mal esconde o seu ódio por aquele. Na impossibilidade de se denunciar, o que o levaria sempre à perda da mulher (quer pelo não cumprimento do pacto, quer porque esta já não o ama) suicida-se.

Todorov ocupa-se ainda do *tempo da narrativa*, fazendo ressaltar a diferença que existe entre o tempo na história e no discurso: «O tempo do discurso é, em certo sentido, um tempo linear, enquanto o tempo da história é pluri-dimensional. Na história podem-se desenrolar vários acontecimentos ao mesmo tempo; mas o discurso deve obrigatoriamente colocá-los um a seguir ao outro» (*op. cit.*, pág. 232).

Em «Era um desconhecido» há dois acontecimentos que se vão passando ao mesmo tempo: a necessidade de distrair Arnaldo, criando-lhe acção-intriga, na figura de Manuela; o pacto realizado entre o casal Manuela-Daniel, que os levou a escolherem Arnaldo para a sua concretização. Na história os acontecimentos são concomitantes. No discurso sabemos do primeiro logo nas páginas 23, 24 e 25; do segundo, o narratário só tem conhecimento a partir da pág. 111 e até à 120. Poderíamos mesmo dizer que, existindo um só discurso, existem duas histórias que se *encaixam* uma na outra, de tal modo que acabam por fazer uma só.

O processo de ligação temporal das histórias será, pois, o *encaixe*.

Narrador-personagem

Finalmente, estudámos as relações narrador-personagem, segundo este mesmo autor:

1 — Narrador > personagem (visão «por detrás»). A mais usual — o narrador sabe tudo sobre a personagem, até o que ela mesmo ignora de si própria. É o caso da narrativa clássiva, que o narrador conta ao narratário.

2 — Narrador=personagem (visão «com»). O narrador sabe tanto como as suas personagens, não pode fornecer uma explicação dos acontecimentos antes das personagens os terem encontrado. É o caso da maioria dos romances modernos, em que o narrador escreve muitas vezes na 1.ª pessoa, não sendo de excluir a 3.ª, ou utilizando uma e outra. É também o caso do romance epistolar, que apareceu no século XVIII, ou do romance-diário.

3 — Narrador < personagem (visão «de fora»). O narrador sabe menos que qualquer personagem. Pode descrever o que dizem, mas não tem acesso à sua consciência. É o caso

mais raro e poucas vezes aparece, sozinho, numa só obra. O narrador descreve-nos a figura e os gestos das personagens, mas não nos diz nada sobre o seu carácter. Segundo Lefebvre (in *op. cit.*, pág. 183) «esta visão, sem dúvida influenciada pelo exemplo do cinema, surge no século XX, no romance americano (Hemmingway, Dashiel, Hammet, Caldwell...) e prolonga-se no «novo romance» francês pelo menos na tendência que se chamou a escola do olhar (Robbe-Grillet, Claude Ollier, Jean Ricardon). Neste caso é a diegese que tende a dominar a narração.

Vimos que o Narrador é maior que a Personagem (mais tarde Arnaldo) quando a cria, lhe dá profissão, hábito, carácter. Será ainda maior em relação a Manuela, pois, de uma maneira geral, esta é vista através de Arnaldo. Em relação a Daniel a posição é diferente. Umas vezes o narrador é menor que a personagem, pois não sabe até onde pode ir. Outras vezes é igual à personagem, pois só sabe dela o que observa ou o que ela diz de si própria. Por ex.: não sabe exactamente qual a sua idade, calcula que é metódico pela maneira de ler o jornal, por ter os papéis muito bem dobrados nos bolsos e pelo arranjo impecável que existe no seu escritório, apesar dos móveis já serem velhos. Só no cap. IX, o Narrador fornece a Arnaldo núcleos do que Daniel vai projectando e acaba por fazer. Não quer dizer que seja maior que a personagem, mas que tem sobre esta conhecimentos que a Arnaldo passam desapercebidos ou que este não sabe interpretar. Dissémos ainda que o Narrador parece menor que a personagem, quando, tendo dito que Arnaldo era casado («e aos Domingos, arejado de brisas e odores, a conduzir briosamente o automóvel até um restaurante dos arredores, acompanhado da família» — pág. 12), é por ele desmentido na pág. 31: «Vivo só num quarto.» Mas de um modo geral mostra-se ou maior que a personagem ou seu igual, quando incita Arnaldo, dialoga com ele ou com os seus pensamentos, ou até o leva a voltar à diegese quando este ameaça fugir, que mais não seja porque «o importante, ou o mais importante, é não irmos desperdiçar estas páginas ou torná-las incoerentes» (pág. 146). Além disso o narrador tinha já reconhecido na pág. 137 que «a última palavra, lamentavelmente, ainda pertence ao narrador e ao leitor», incluindo aqui o narratário, talvez para se livrar da sua ascendência sobre as personagens.

Conclusão das três análises

Muitas perspectivas se nos abriram para análises lógicas de outras narrativas.

Começámos já mesmo a estudar a análise que Umberto Eco fez aos romances de Fleming sobre James Bond, numa lei de oposição Bom-Mau, que não se afasta muito da lei de Todorov activo-passivo. Só que o mau também é activo.

E porquê este estudo? Porque é tão linear a caracterização do Bom (belo e viril) e do Mau (feio e ridículo) que se adapta perfeitamente aos contos tradicionais infantis. Será esta uma próxima abordagem, numa adaptação às necessidades da vida docente dos alunos-mestres.

CAP. XIX

ENTREVISTA COM O ESCRITOR

Uma ideia vinha nascendo cada dia: a de convidar o autor a vir à nossa escola, para que o pudessemos entrevistar. Conviémos em que essa entrevista deveria ser feita depois das análises da estória. Ele responderia às nossas dúvidas e talvez gostasse de saber as razões do nosso estudo e de como foi feito. Assim foi. O Dr. Fernando Namora acedeu em vir até nós, numa manhã dos começos de Junho. E veio. E ouviu as perguntas. E respondeu. E disse das suas razões de concordância ou discordância. E ouviu as nossas, concordantes ou discordantes. E gravámos a entrevista, para reflexão futura nas aulas.

Muitas dúvidas foram esclarecidas, outras ficaram por esclarecer, por falta de tempo. Por exemplo: o simbolismo das 'sombras', que para nós representam o marido ausente--presente. E aquela mãe de quem se fala e que ninguém vê? Seria só para mais complicar a diegese? Nós associámo-la às sombras representativas do marido e à inibição de Arnaldo naquela casa. Mas continuou a ser um dado intrigante.

Mais tarde, num 'fait-divers' sobre o mesmo assunto, uma aluna serviu-se da mãe de Manuela para obter mais dados sobre a vida de Daniel.

Sentimos sempre uma ambiguidade na utilização da palavra 'divertimento'. Fernando Namora estendeu-se em explicações: — «Já Graham Green utilizou a mesma designação para alguns dos seus romances.» Cineastas actuais, especialmente ingleses e americanos, chamam divertimento a filmes que nada têm de divertido. Para o Autor, divertimento foi essencialmente a tentativa «de tornar o leitor cúmplice do narrador. E também, em grande parte, o prazer da escrita».

Porque não publicou, então em volume separado, o que um dos alunos chamou pequena-grande estória? Só nesta há este chamamento do narratário, este jogo do narrador a entrar e a sair da diegese, ou só, ou com a cumplicidade do leitor--narratário. No entanto, divertimento foi também o insólito. E Fernando Namora diz-nos que, tentado pela publicação separada, acabou por não o fazer, prevalecendo a ideia de aproveitar o que havia talvez de comum nas cinco estórias: o insólito do quotidiano.

Quanto a mim, foi pena não ter existido a publicação à parte. Agradou-me o significado que deu a divertimento naquela tentativa de misturar personagens, narrador e narratário no mesmo plano. De preferência com o narratário mais dinâmico, mas, de qualquer modo, foi divertido.

A abordagem de «Era um desconhecido» não foi diferente só na tentativa de cumplicidade do narratário.

O escritor disse-nos que houve uma outra tentativa de abordagem: a de incorporar a chamada sub-literatura (romances policiais, romances de 'suspense' ou de mistério) na chamada literatura nobre, a do romance tradicional. E falou-nos na urgência de quebrar barreiras entre os vários géneros, não só de ficção, mas até de ensaio ou crónica, numa necessidade sentida pelos escritores de, por um lado, evitarem a saturação, e, por outro, de darem resposta à simultaneidade no fascínio por várias formas de expressão.

Gostei que tivesse dito tudo isto. Afinal, trata-se de desmistificar a obra literária, seja ela em prosa ou poesia, de que tanto falei nas aulas. E demonstrou também como se torna cada vez mais difícil distinguir entre o literário e o não literário e como é fictícia a afirmação que se lê em compêndios de que o jornalismo nunca pode ser literário. Há aqui uma confusão entre ficção e não ficção.

Em muitas outras coisas estivémos de acordo. Por exemplo: a obra literária reflecte a variedade de vivências ou de contextos do seu autor. No romance, o narrador, com uma vivência provinciana, deve ser diferente do narrador com uma vivência citadina, embora o autor seja o mesmo. Também com o leitor se passa o mesmo fenómeno: pode sentir-se ou não como narratário, isto é, como receptor da mensagem transmitida pelo narrador, esteja ou não de acordo com este. Fernando Namora desenvolveu muito este duo narrador-leitor (eu prefiro o duo narrador-narratário, já que este pode ser intra ou extradiegético). O duo escritor-leitores reflecte uma vastidão que não corresponde a vivências comuns e muito menos a uma cumplicidade na elaboração da estória. Achámos que Fernando Namora estava muito «dentro» desta preocupação, e que, para ele, o fenómeno literário abarca, com uma intimidade crescente, o conjunto do escrever e do ler. O ler tem tanta importância como o escrever. Por isso, assim como o escritor precisa, como se disse, de um determinado ambiente, de vivências que estão relacionadas com o que o cerca (sejam elas políticas, sociais e principalmente culturais), também o leitor sofre as mesma influências.

A uma pergunta de uma aluna sobre a possibilidade de ter em vista uma análise estrutural (por ex., a bartheana, que nos tinha parecido a que mais se lhe adaptava), ao escrever a sua estória, Fernando Namora respondeu que um escritor, quando escreve, não pensa em qualquer 'moda literária' ou em qualquer 'moda de abordagem' do estudo da obra, seja ela feita por críticos, professores de literatura, alunos, ou simples leitores anónimos. Ao escrever não pensa senão em transmitir ou ir transmitindo a sua mensagem. Na continuação da entrevista disse-nos ter conhecimento minucioso do colóquio de Cérisy, onde se encontraram escritores, críticos literários, linguistas ou não linguistas, enfim, tudo o que poderia representar a literatura.

Entre variadíssimas conclusões, chegou-se à de que o acto literário é, com efeito, um complexo e sempre renovado compromisso entre o escrever e o ler.

147

Pôde ver-se, o que foi já largamente dito, aliás, como esta simbiose nos preocupou. Tivemos também uma resposta à nossa ideia de que o compromisso entre escritor-leitor (ou narrador-narratário) foi ainda uma tentativa em «Era um desconhecido». Com efeito, o escritor confessou-nos que tem um romance em laboração, em que essa convivência será por certo ainda mais desenvolvida.

Quanto a não pretender responder 'à moda actual' de estudar o romance (ou conto, ou poesia) de um modo estrutural-linguístico-lógico, temos outra opinião. Na verdade, o que o escritor escreve não nasce espontaneamente do nada. É um resultado. E resultado de todo o ambiente socio-cultural, de todo o contexto, de todas as vivências, que foi recebendo.

Ora, Fernando Namora está perfeitamente a par destas análises. Tem participado em muitos congressos literários e de crítica literária. Ouviu, concordou ou discordou. Mas tudo o que ouviu passou a fazer parte da sua vivência, da sua competência, se quisermos chamar-lhe assim.

Até que ponto não foi influenciado por essa vivência?

Não posso esquecer aqueles núcleos tão perceptíveis, que apontavam para o fim lógico de Daniel, no capítulo IX. Ou antes, os núcleos que indiciavam para aquele «Está bem» com que termina o mesmo capítulo e que interpretámos como uma aceitação sem limites, por parte de Daniel, de tudo, incluindo a própria morte, uma vez que tinha tido conhecimento da aquiescescência de Manuela em ir «cumprir o pacto noutro lado que não a sua casa».

Fernando Namora não teria dado 'núcleos', mas deu 'pistas' ao narratário que o levaram a aceitar como *lógico* o suicídio de Daniel, uma vez afastadas, pela sua banalidade, as duas outras hipóteses: ou matar melodramaticamente os dois amantes, ou aceitar 'ficar com eles', com eufemismo e tudo!

O escritor concordou connosco e achou interessante que tenhamos chegado à conclusão final, com as nossas análises linguísticas. Disse-nos que, até quase ao fim da obra, ainda

148

não sabia como acabá-la. O suicídio pareceu-lhe o mais concordante com o que se propusera fazer.
Chamando-lhe 'pistas' ou chamando-lhe 'núcleos', o narratário estava preparado para aceitar aquele fim natural.
E foi aí que entrou o colóquio de Cérisy. No momento de escrever, o escritor não pensa senão no que escreve. Mas todas as suas vivências estão presentes no texto e no contexto.
Nem outra coisa seria de esperar de um escritor que quer variar e actualizar a sua obra.
Claro que concordo inteiramente com Fernando Namora, em relação a certos escritores-analistas-linguistas da revista 'Tel Quel', que escrevem para justificar as suas análises, ou vice versa.
Escrever 'para' não é natural, é forçado. Escrever 'porque' é totalmente diferente.
Fernando Namora não escreveu 'para', mas escreveu 'porque'. E neste 'porque', está toda a sua vida, no seu contexto regional, nacional, internacional. Está tudo o que escreveu, o que leu, o que ouviu, o que fixou, mesmo sem querer. Quando escreve, tudo aflui, consciente ou inconscientemente. Concordo plenamente que é doloroso, para quem escreve, ver a sua obra dissecada, até ao mais ínfimo pormenor, à procura de uma justificação que comprove o que lá 'se deve ver'. Como muito bem disse, um livro não é um cadáver anónimo da Morgue, estudado pelo professor e estudantes de medicina.
Um livro tem vida, a vida que lhe foi dada pelo escritor e a vida que ele próprio foi criando, nas sucessivas leituras que dele foram feitas.
Por isso, a evolução do escritor é saudável, é enriquecedora para o duo escritor-leitor, cada vez mais irmanados. Tanto se deve actualizar o escritor como o leitor, experimentando novas abordagens, sem que a riqueza de imaginação de um ou outro seja perturbada.
«Ler não é um acto inocente. Tal como escrever», dizem Adelino Cardoso e Francisco Nuno Ramos, no livro citado.
O escritor e o leitor variam consoante a época, o assunto, o género e a moda (desculpe, Fernando Namora, esta «moda», que afinal é natural), que um vai escrever e o outro ler.

149

Mas escrever não é um acto solitário. O escritor deu-nos o exemplo de um amigo, que se propõe ler de novo toda a obra de Camilo, para o fazer com outros olhos. O mesmo me propus eu fazer, como disse com Fernando Namora, para ver se não me fico só com a grande revelação, que para mim foi o «Era um desconhecido». De uma coisa estou certa: vou encontrar uma evolução e apreciá-la mais ou menos. Não terei a desilusão que senti, há bem pouco, ao ler com muito agrado um dos nossos escritores, cujo primeiro livro até foi «best-seller». Devorei-o. Li com desencanto, ainda tolerável, o segundo. O terceiro (que me foi oferecido), foi arrumado numa estante secundária, lidas, com esforço, umas tantas páginas. Lembrou-me de tal modo o hábito estúpido, que me revoltava em criança, de ver porem um infeliz cão a rodar infinitamente à volta da própria cauda, que lhe tinham metido na boca...

Esgotar a mesma experiência até à exaustão, não é viver, é estagnar. E é não ter respeito por si, como escritor, pelo narratário-leitor, que o compra desprevenido e pela literatura, que se quer renovada. É ainda pior que o processo dos estudiosos-escritores do Tel-Quel.

Fernando Namora falou-nos na decadência da literatura europeia, que opôs à jovem e pujante literatura américo-latina.

Não sejamos tão descrentes de nós próprios. O escritor iniciou um novo estilo. E porque é novo, dinâmico, original nos agradou e nos agradou muito mais a primeira estória que as outras, que não analisámos, mas de que falámos. São engraçadas, algumas têm ineditismo, é certo. E têm «suspense». Mas... Mas o estilo é diferente. É, por vezes, repetitivo e demasiado «já conhecido».

Nós somos pela inovação. E a inovação, vimo-la na tentativa, quase realizada, do convívio narrador-personagens- -narratário de «Era um desconhecido». Que foi lido com gosto, analisada com gosto, guardado com gosto para nova leitura.

E foi compreendido. Os 'fait-divers' sobre o mesmo assunto, que começaram o estudo do narrativo e com eles o terminaram, fizeram o ciclo completo.

E de tal maneira compreenderam as análises linguísticas, que as souberam aplicar a pequenos textos, em forma de testes.

E gostaram de tal modo, que se indignaram com Berglin, quando este diz que o escritor atingiu o cume da carreira. Como se pode dizer uma coisa destas de um escritor bem vivo e pronto a variar a sua narrativa (se se trata de romance), consoante a época, o assunto, o género, e (desculpe) a 'moda' do que vai escrever? Só assim está e permanecerá vivo.

Foi muito positiva esta conclusão do estudo da obra com a entrevista do seu autor. Além de tudo tivemos o gosto de ouvir um escritor «fazer literatura de como se faz literatura».

Julgo que os alunos souberam transmitir a sua mensagem de leitores-estudiosos, como tinham compreendido e estudado a mensagem do escritor.

Talvez que este tivesse «descoberto» que transmitiu mais do que aquilo que pensava transmitir. Mas o narratário-leitor tem uma palavra a dizer. E disse-a. Cada um à sua maneira, tal como cada um tinha feito a sua leitura.

Recentemente li, por acaso, no Tempo, de 6 de Setembro/81, uma entrevista com Jorge Amado, que parece vir ao encontro do que nos disse Fernando Namora. Transcrevo o que me pareceu mais condizente com a espécie de 'temor' que o escritor tem da análise crítica ou outra qualquer, e o que pensa do futuro da literatura.

«Acho que o escritor-criador, aquele que é o poeta, o romancista, ao realizar a sua obra, está muito pouco preocupado se ela é realista, neo-realista, naturalista, concretista, estruturalista, surrealista, dadaísta, modernista. Essas coisas, em geral, correspondem a um certo tipo de crítica que não tem nada a ver com a criação literária em si. Isso é uma coisa posterior à criação, que é o rotulamento dessa criação.»

E mais à frente: «Quanto às influências, acho que são quase sempre fruticas da crítica literária, impotente para criar e, por esse motivo, fácil de insinuar coisas desse tipo.»

O tradicional hábito de defesa, atacando primeiro... Ou uma pura constatação.

151

Também interessante o que pensa da literatura imorredoura, apesar das várias concorrências: «A televisão vive muito do cinema. São meios de comunicação diferentes. Nada terminará com a literatura enquanto o homem existir. Através da literatura, a Humanidade repensa a sua própria vida.»

Mas escrever precisa de espaço e disponibilidade: «Como pode imaginar que a literatura possa desaparecer só porque você tem o gravador, essa máquina infernal? Porque a entrevista que estou-lhe a dar seria muito melhor se, em vez de a dizer aqui, eu tomasse minha máquina de escrever e respondesse, pensadamente, às suas perguntas.»

Falando do *nouveau roman:* «Os movimentos de vanguarda são muito importantes, porque sempre trazem alguma coisa nova, fazendo que a literatura ou a arte andem sempre para a frente, mais para diante. Mas ao mesmo tempo eles não terminaram com nada. Porque eles próprios não são um começo; são uma continuação de tudo o que foi feito antes.»

Fiz uma extensa citação, porque me parece ilustrar muito do que foi dito:

O escritor não escreve 'para', mas 'porque'. A literatura durará enquanto houver leitores e estes dependem de inúmeros factores, entre os quais toma um lugar de relevância a novidade e a maturidade de quem escreve. Uma nova abordagem do romance não é desprezar o que foi feito, é uma continuação e renovação impostas, quer se confesse ou não, pela sociedade em que vivemos.

CAP. XX

CONCLUSÕES

Não foi só a nós e espero que não fossem ditadas pelo rescaldo da entrevista que nos deu, que Fernando Namora desabafou o seu desencanto pelas análises.

Na rubrica «Leitura» de *O Jornal* a propósito da apresentação de um conto de Maria Archer, em 10 de Julho de 1981, diz o escritor:

«Por muito que isso desrespeite certos analistas literários de faro no vento, persisto em crer que não há texto sem contexto, seja porque este restitui àquele o seu dinamismo, seja porque cada obra tem por detrás e aos lados uma soma complexa de referências que lhe explicam a modelação e sem o conhecimento das quais as mais das vezes nos escapa. Além de que uma obra tem de ser ajuizada tanto pela atmosfera social que a gerou como pelo que dela repercutiu nessa mesma sociedade...»

«Daí terem-me parecido saudáveis as agudas considerações feitas há tempos por Alberto Ferreira, que não hesitou em falar de «conspiração linguística», alertando-nos para o «cento de ritos» e de «observações laboratoriais» que entre nós vão transformando o estudo da literatura num «hospital das letras», onde todos acabaremos por curar o nosso anómalo prazer da leitura. Será mesmo de admitir, pelo que se observa, que o pobre estudante iniciado na coisa literária, para quem cada texto se associa a uma anatomia cifrada num vocabulário cabalístico com «sintagmas», «conotações», «denotações», em cada parágrafo, assim esfriando toda a participação afectiva que é a matriz da comunicabilidade, será de admitir, dizia, que esse iniciado à força não quererá ouvir falar tão cedo em literatura no dia em que o libertarem de tais dissecações a cinzel frio, pelas quais o ensinaram a ver num livro um objecto de tripas esventradas.

Por isso, ainda, as advertência de um Álvaro Pina, ao dizer-nos que «há gente, nas universidades e fora delas, para quem a teoria da literatura pouco ou nada tem a ver com os textos literários, mas apenas com as ideias sobre a literatura».

Penso, todavia, que esta polémica (entre nós, aliás, nem a tal chegou) não tarda que perca sentido. A moda está na fase agonizante, pelo menos lá nas paragens donde nos vem a receita e a força, para impormos tudo o que é figurino de papistas. É essa a vantagem das modas: assim como vêm, impetuosas, sectárias, impantes, assim se vão. E talvez, pois, estejamos prestes a recuperar, para cada texto, a sua moldura reveladora. E o gosto de com ele dialogarmos, sem o recurso a uma pauta decifradora.»

Poderia responder: «amen». Mas seria demasiado fácil: Pois, se estou inteiramente de acordo com Fernando Namora no que respeita à quadriculação em análises, sejam elas quais forem, de uma obra literária, não posso de forma alguma concordar que as actuais sejam as únicas reprováveis. Aqueles *Os Lusíadas* dos nossos pesadelos de adolescentes, aquelas orações e figuras de retórica, que retiravam qualquer beleza ao que a nossa idade pudesse retirar da poesia épica...

Há dias, um pequeno lindo e muito simpático, 12 anos, sétimo ano de escolaridade, trazia um exemplar de *Os Bichos* de Miguel Torga. Entabulámos conversa:

«Gostas?»
«Tenho de o dar na escola.»
«Mas gostas?»
Uns olhos muito azuis e muito cheios de espanto.
«Não sei. Tenho que o 'dar' na aula de Português.»

Não sei quais seriam as análises ou análise que o pequeno iria aprender. Nem ele tão pouco. Ainda nem sequer tinha lido o conto. E o desencanto já lá estava. «Tenho que o 'dar' nas aulas de Português.» A obrigação, o desgosto da obrigação, que nem deixa apreciar um livro novo.

O mal não está nas análises actuais, nem nas que se seguirão. Para nem sequer falar nas tradicionais. O mal está em começar por elas, retirando o primeiro contacto escritor--leitor.

E disso tivemos o exemplo, na leitura prévia do divertimento de Fernando Namora. Nós todos, professora e alunos, gostámos. Antes, durante, e depois das nossas análises. Nada de inibições à apreciação da «moldura reveladora» do texto.

155

CAP. XXI

TESTE DE PORTUGUÊS

Baseando-se na narrativa «Era um desconhecido», escreva uma outra narrativa sobre o mesmo assunto, mas apresentada como um 'fait-divers'.

«Pelas 18 horas do passado dia 10, ocorreu, numa perpendicular à Avenida da Liberdade, em Lisboa, um suicídio, em circunstâncias ainda desconhecidas.

O suicida, Daniel Trigueiros, solicitador, 48 anos de idade, vivia com a mulher, D. Zeferina Trigueiros, e sogra, na rua Quintão Meireles, número trinta e dois, muito afastada do local do suicídio.

Não deixa descendentes.

Pôs termo à vida, disparando uma bala na têmpora direita e foi encontrado, já morto, no patamar da entrada do número 146, da rua Rosa Araújo, junto à sede do Automóvel Clube de Portugal.

A arma, uma Mauser, de calibre 7,42, de que possuia licença, estava no solo, junto ao corpo, com as suas impressões digitais.

A P. J. logo compareceu no local e procedeu às usuais investigações, mas sem, no entanto, conseguir deslindar o motivo para tal acto de desespero. O indivíduo não foi reconhecido dos inquilinos, nem pelos funcionários dos vários escritórios do prédio.

157

Segundo consta nos depoimentos dos seus vizinhos e familiares, apreciava o seu trabalho, a que se dedicava metodicamente, vivia em harmonia com a família e apresentava sinais de depressão, não justificada, há já algum tempo.

O nosso repórter segue uma pista que o levará, talvez, à descoberta de relações amorosas entre D. Zeferina, mais conhecida por Manuela ou Manucha e um tal Dr. Arnaldo Dias Costa, explicador de Matemática».

Emília Valadares, n.º 5, turma C

CAP. XXII

APÊNDICE

ANÁLISE GREIMASIANA OU ACTANCIAL

Disse que não fizemos na aula esta análise. É verdade: não tivemos tempo. Mas como me propus atingir um público que não estudou qualquer análise textual, e que se vê agora obrigado a ensinar o que não aprendeu no Magistério, Liceu ou Faculdade, procurei o mais simplesmente possível, apresentar uma análise actancial.

Antes de entrarmos na análise de Greimas e conhecidos já os seus actantes, apresentados em oposição: Sujeito-Objecto, Destinador-Destinatário, Adjuvante-Oponente, convém explicar alguns dos seus termos mais característicos.

Comecemos por *ACTANTE:* Greimas foi buscar esta palavra a Tesnière e significa, em princípio, personagem. Pode, no entanto aplicar-se a animais, seres da natureza ou míticos e, até mesmo, valores morais.

ISOTOPIA — Cito o próprio Greimas: «por isotopia entendemos um conjunto redundante de categorias semânticas que torna possível a leitura uniforme da narrativa, tal como ela resulta das leituras parciais dos enunciados após a resolução das suas ambiguidades pela procura da leitura única». («Elementos para uma teoria da interpretação da narrativa mítica», in *Communications, 8*, pág. 65).

Uma narrativa pode e tem geralmente mais do que uma isotopia. Para fazer uma análise correcta, é preciso procurar a isotopia dominante, que 'convenha' a todos os actantes.

LEXEMA — É um termo ambíguo, pois a sua aplicação varia de investigador para investigador. Para Greimas o lexema está ligado à unidade de significação, superior à palavra.

Já vimos como Greimas adaptou os sete tipos de personagens de Propp, e as seis personagens de Étienne Souriau (Les deux cent mille situations dramatiques») aos seus seis actantes, que, coincidindo em número, e até nalguns termos com as de Souriau, são, no entanto, diferentes.

Greimas admite a possibilidade de dois actantes numa só personagem. (Por exemplo o Sujeito pode ser também Destinador. O Objecto pode ser igualmente Destinatário). Admite, igualmente, que uma mesma função seja distribuída por mais que um actante, como iremos ver na análise que se segue.

Para esta análise, dividi toda a macro-sequência narrativa da história nas várias sequências mais importantes, excluindo as catálises do discurso, bem como os informantes.

De cada sequência procurei a isotopia e, sempre que possível, a função das personagens (dos actantes).

Numerei as várias sequências e pude chegar às conclusões que se vêem no exposto a seguir:

1) Apresentação das personagens principais e secundárias.

Isotopia — conhecimento

2) Acabar com a vida chata, chatíssima de Arnaldo.

Isotopia — aventura
Sujeito — o Narrador
Objecto — Arnaldo

3) Será Manuela que vai acabar com essa vida chatíssima.

Isotopia — aventura
Sujeito — Arnaldo e o Narrador
Objecto — Manuela

4) Namoro de olhares e de pequenos gestos da parte de Arnaldo.
Isotopia — preparação da aventura

5) Manuela dirige-se a Arnaldo e combinam um telefonema, para marcarem um encontro.
Isotopia — aventura
Sujeito — Manuela
Objecto — Arnaldo

6) Telefonema e encontro no Rossio. Arnaldo procura convencer Manuela a irem para o quarto dele.
Isotopia — aventura
Sujeito — Arnaldo
Objecto — Manuela

7) Arnaldo procura um quarto ou outro local, onde levar Manuela.
Isotopia —aventura
Sujeito — Arnaldo
Objecto — Manuela

8) Novo telefonema. Arnaldo fala do quarto. Manuela propõe a casa dela. Da conversa resulta que Manuela e o marido escolheram Arnaldo para amante dela. Arnaldo pensa desistir. O narrador, chamando a si, num plural, o narratário («Talvez, em suma, valha a pena irmos nós e ele ao sabor da corrente») não o permitem.
Isotopia — aventura
Sujeito — Manuela e o marido
Objecto — Arnaldo
Adjuvante — Narrador, Narratário, Manuela e o marido,
Oponente — A timidez de Arnaldo e a estranha proposta que lhe é feita.

9) Apresentação do marido no Café e convite, feito por este a Arnaldo para os acompanhar a sua casa.
Isotopia — aventura
Sujeito — Manuela e Daniel

161

Objecto — Arnaldo
Adjuvante — Narrador
Oponente — a aparência anormal de tudo aquilo.

10) Encontro em casa do casal Trigueiros. Manuela beija Arnaldo.
Isotopia — aventura
Sujeito — Manuela
Objecto — Arnaldo

11) O marido aparece. Daniel pede-lhe que fique, pois lhe devem uma explicação.
Isotopia — aventura
Sujeito — Daniel e, em certa medida Manuela
Objecto — Arnaldo
Oponente e adjuvante — Daniel

12) Daniel conta o pacto: para salvarem o casamento, Manuela deve ter uma aventura com um homem escolhido por ambos. Essa escolha recaiu em Arnaldo.
Isotopia — aventura
Sujeito — Daniel e, em certa medida, Manuela
Objecto — Arnaldo e, em certa medida Manuela
Adjuvante — Manuela

13) Arnaldo despede-se para pensar. Pensa em desistir e sair daquela estranha estória. A recordação do beijo de Manuela e o narrador, com a cumplicidade do narratário, impedem-no.
Isotopia — aventura
Sujeito — Arnaldo
Objecto — Manuela
Adjuvante — Narrador, narratário, recordação do beijo.
Oponente — A timidez de Arnaldo e o estranho da aventura.

14) Arnaldo volta a casa dos Trigueiros. É o marido que aparece. Deixa-os sós, mas não à vontade. Arnaldo é bru-

tal com Manuela. Esta resiste. Sente-se a presença do marido nas «sombras».
>   Isotopia — aventura
>   Sujeito — Arnaldo
>   Objecto — Manuela
>   Oponente — Daniel

15) Arnaldo desiste. Resolve abandonar tudo. Manuela sugere-lhe outro local.
>   Isotopia — aventura
>   Sujeito — Arnaldo e Manuela
>   Objecto — Manuela e Arnaldo
>   Adjuvante — Manuela
>   Oponente — as «sombras» da casa, a própria casa, Daniel, ausente-presente.

16) Arnaldo vai visitar Daniel no seu escritório e avisá-lo de que não tinha havido nada nem haveria entre Manuela e ele.
>   Isotopia — aventura
>   Sujeito — Arnaldo
>   Objecto — Manuela
>   Destinador — resolução de tudo abandonar
>   Destinatário — Daniel

17) Daniel esconde, com certa dificuldade, o seu júbilo. O narrador lembra a Arnaldo o quarto e a belíssima mulher para quem o alugou.
>   Isotopia — aventura
>   Sujeito — Daniel, Arnaldo, Narrador
>   Objecto — Arnaldo, Manuela
>   Adjuvante — Narrador e, aparentemente, Daniel
>   Oponente — Daniel
>   Destinador — quarto
>   Destinatário — Manuela e Arnaldo

18) Daniel propõe telefonar a Manuela para combinarem um novo encontro os três.
>   Isotopia — aventura
>   Sujeito — Daniel

163

Objecto — Manuela e Arnaldo
Adjuvante (falso) — Daniel

19) Espicaçado pelo narrador, com a lembrança do quarto e da proposta de um outro local da parte de Manuela, Arnaldo pede para ser ele a telefonar. Combina com Manuela um encontro perto do metro da Avenida. Daniel protesta, quase a medo, contra a mudança de local.
Isotopia — aventura
Sujeito — Arnaldo
Objecto — Manuela
Adjuvante — Narrador
Oponente — Daniel
Destinador — o desejo
Destinatário — Arnaldo e Manuela

20) Manuela aceita, com a condição do marido saber. Depois dos protestos contra a mudança de local e de perguntas onde é o novo, Daniel parece aceitar, mal escondendo o seu desânimo.
Isotopia — aventura
Sujeito — Arnaldo
Objecto — Manuela
Adjuvante — o desejo ou amor de Manuela por Arnaldo.
Oponente (que parece deixar de o ser) Daniel

21) Arnaldo e Manuela encontram-se no quarto. Daniel suicida-se.
Isotopia — aventura. Suicídio
Sujeito — Daniel, Arnaldo e Manuela
Objecto — Manuela, Arnaldo e a Morte
Adjuvante — / O amor (Arnaldo e Manuela)
\ O ciúme (Daniel)
Destinador — o Narrador, o Narratário (conivente forçado) e o Pacto
Destinatário — Arnaldo, Manuela e Daniel

É preciso notar que sempre que se fala em narrador e narratário entende-se que são actantes e desempenham funções, enquanto personagens.

CONCLUSÃO

A ISOTOPIA dominante é a aventura.
O SUJEITO varia segundo as sequências, mas é dominantemente Arnaldo.
O OBJECTO varia, igualmente, segundo as sequências, mas é predominantemente Manuela.
Daniel manifesta-se como OPONENTE, até quando parece à primeira vista ser ADJUVANTE.
DESTINADOR Narrador, pacto
DESTINATÁRIO Arnaldo, Manuela, Daniel
Os ACTANTES não têm que ser forçosamente personagens, conforme dissemos no começo, citando Greimas.
Não se encontram em todas as sequências todos os actantes.
Vê-se também que um mesmo actante pode desempenhar mais do que uma função, assim como a mesma função pode ser distribuída por mais que um actante.

BIBLIOGRAFIA

COMMUNICATIONS (8)
Bourneuf-Roland e Quellet Réal — «*O Universo do Romance*»
Delas, Daniel e Jacques, Fillioleh — Linguística e Poética
Berglin, Gustav — in «O Jornal» — Literatura s/d.
Cardoso, Adelino e Ramo, Francisco Nuno — «Des(a)fio à Filosofia»
Duhóis, Jean e outros — «Dicionário de Linguística»
Duerot, Oswald e Tzvetan, Todorov — «Dicionário das Ciência da Linguagem»
Genette, Gérard — «Figures II» e «Figures III»
Forster — «Aspects of the Novel»
Lefebve Maurice-Jean — «Estrutura do discurso da poesia e da narrativa»
Mounin, Georges — La littérature et ses technocraties
Kayser, Wolfgang — «Análise e interpretação da obra literária»
Propps, Wladimir — «Morfologia do conto»
Reis, Carlos — «Técnicas de análise textual»
Segolin, Fernando «Personagem e anti-personagem»
Todorov, Tzvetan — «Poética da Prosa»
Todorov, Tzvetan — «Linguística e Literatura»
Todorov, Tzvetan — «Literatura e sua significação»
«Jornal das Letras»
«O Tempo»
«Nouvel Observateur»

167

ÍNDICE POR MATÉRIAS

A

«A divinis», 130
Abordagem estrutural, 135
Abordagem linguística, 148
Abordagem lógica, 133
Acção-ões, 99
Actante, 21, 159
Actualização, 130
Adjectivação, 66, 67, 120, 127
Adjectivo, 79, 80, 86
Adjectivo-verbo, 133
Adjuvante, 20, 21, 130, 161, 162, 163, 164, 165
Adjuvante-oponente, 159, 162, 165
Agente, 139, 140
Agressor, 19
Ajuda, 138
Aliado, 130, 131
Analepse, 26
Análise actancial, 19, 159
Análise de conteúdo, 17
Análise estilística, 117
Análise estrutural, 19, 25, 71, 75
Análise lógica, 132, 143
Análise semiótica, 19
Análise textual, 159
Análise triádica, 75, 129
Antagonista, 20
Antitese, 126
Autodiegético, 52, 76, 83

Assunto, 46
Autor, 49, 56, 60
Auxiliar, 20

C

Canal de comunicação, 61
Catacrese, 124, 126
Catálise, 68, 73, 74, 75, 76, 82, 83, 84, 86, 89, 160
Cenário, 100
Ciclo narrativo, 129
Circulo linguístico de Praga, 18
Climax, 100
Competência, 148
Complemento, 21, 22
Complemento de determinação, 21, 22
Complemento de relação, 21
Comunicação, 137, 138, 140
Concretização, 130
Conotação-(ões), 125, 154
Contextual, 14
Conversão, 16
Cronologia, 129

D

Deliação, 127
Denotação, 105, 154
Descrição, 77, 78, 79, 81, 86, 134

169

Desejo, 137, 138, 140
Desestruturação, 101
Desequilíbrio, 133, 134
Destinador, 20, 163, 164, 165
Destinador-destinatário, 159
Destinatário, 20, 163, 164, 165
Diegese, 33, 45, 46, 50, 51, 52, 55, 57, 58, 59, 73, 75, 80, 81, 82, 83, 97, 101, 110, 119, 128, 130, 134, 135, 142, 145, 146
Dinâmica, 133
Discurso, 43, 44, 46, 49, 71, 74, 82, 129, 140
Discurso directo, 44
Discurso indirecto, 44
Discurso indirecto livre, 44
Discurso literário, 45, 49, 106
Discurso narrativo, 13, 47, 60
Discurso narrativo ou contado, 44
Discurso pronunciado, 44
Discurso quotidiano, 45, 106
Discurso transcrito, 44
Discurso transposto, 45
Divertimento, 103, 145, 146
Doador, 20
Dramático, 15, 59
Dramatizar, 105

E

Emissor, 55, 58, 61, 62
Encadeamento, 136
Encaixe, 136, 141
Enigma, 15
Épico, 15
Equilíbrio, 133, 134
Escola Morfológica Alemã, 14
Espaço, 75, 100
Espaço físico, 75
Espaço psicológico, 75
Estilo, 107, 118
Estilo indirecto livre, 15
Estilística, 14, 16
Estória aberta, 132
Estória fechada, 132
Estrutura, 71

Estrutura narrativa, 71
Estruturação, 26
Estrutural, 148
Estruturalismo linguístico, 18
Eufemismo, 84, 119, 124, 125
Eufemística, 125
Expansão, 16
Extradiegético, 49, 52, 53, 58

F

Fábula, 46
«Fait-divers», 43, 46
Falso herói, 19, 20
Falso núcleo, 94, 97
Ficção e não ficção, 146
Figurantes, 68, 77, 99, 110, 134
Figuras de estilo, 83, 100, 127
Figuras de retórica, 100, 118, 123, 124
Fim atingido, 130, 131
Fim frustrado, 130, 131
Focalização, 27
Formas, 14
Formalismo, 15
Formalismo russo, 14, 15
Frase, 13, 71, 73
Frase linguística, 72
Função, funções, 22, 73
Função apelativa, 18
Função conativa, 18
Função denotativa, 17
Função emotiva ou expressiva, 18
Função fática, 18, 74, 75, 95, 125
Função formal, 16
Função metalinguística, 18
Função referencial, 17
Funções cardinais, 73, 74
Funções de linguagem, 17
Futuro, 114, 115
Futuro apelativo, 114, 115
Futuro dubitativo, 114, 115
Futuro especulativo, 114, 115
Futuro imperativo, 114, 115
Futuro optativo, 114, 115

G

Géneros, 128
Géneros elementares, 15
Gradação, 123, 126, 135

H

Heróico, 20
Heterodiegético, 52, 53
Hipálage, 123
Hipérbole, 123
Hiperbólico, 123
História, 43, 44, 45, 46, 47, 49, 73, 82, 83, 140
Historicismo, 15
Homodiegético, 49, 52, 55, 58, 63, 76
Homologia, 126, 136
Homológico, 135

I

Ideologia e ordem, 100
Impedimento de acção, 130
Indício, 67, 73, 74, 75, 77, 79, 80, 81, 86, 87, 88, 89, 135
Inércia, 130
Informante, 73, 74, 75, 76, 79, 81, 82, 84, 85, 86, 89, 91, 95, 125, 160
Interferência, 130
Interpretação temporal, 15
Intradiegético, 52, 56, 59, 103
Intriga, 52, 99
Ironia, 104, 118, 123
Isotopia, 159, 160, 161, 162, 163, 164
Isotopia dominante, 160, 165
Iterativo, 26, 133

L

Legibilidade, 16, 17
Leitor, 55, 60, 61
Leitor imaginário, 55, 57, 60
Leitor narratário, 110
Leitor virtual, 56
Leitura imanente, 15, 16

Lenda, 15
Lexema, 160
Linguística, 71, 143
Linguística estrutural, 18
Literariedade, 15, 16, 43, 45
Lírico, 15
Literário, 45, 146
Literatura, 13
Locutor, 109
Lógico, 143, 148
Lógica das acções, 134

M

Macro-sequência, 73, 133, 160
Mandatário, 20
Metadiegese, 26
Metadiegética, 26
Metáfora, 123, 124, 125, 126
Metaforicamente, 120
Metalíngua, 29
Metalogismo, 118
Metataxe, 123
Micro-sequência, 73, 133
Micronarrativas, 136
Mimemisar, 62, 68, 105
Mimesis, 51
Mimético, 51, 76
Mito, 15
Mítico, 159
Modos, 112
Modos condicionais, 113
Modos da hipótese, 113
Modos preditivos, 113
Modos da vontade ou volitivos, 112
Mundo comentado, 111, 121
Mundo narrado, 120

N

Não actualização, 129, 131
Não literário, 45, 146
Não realização, 129
Narração objectiva, 15
Narração preditiva, 108

171

Narrador, 38, 41, 49, 51, 56, 58, 60, 61, 62, 63, 67, 74, 76, 81, 85, 100, 104, 119, 121, 132, 141, 142, 146, 148
Narratário, 38, 47, 53, 55, 56, 57, 58, 59, 60, 61, 62, 63, 74, 81, 89, 97, 100, 103, 105, 118, 119, 120, 121, 128, 132, 142, 147, 148, 149, 150
Narratário fictício, 56
Narrativa, 13, 43, 46, 56, 59
Narrativa literária, 41, 43, 46
Narrativa não literária, 43, 46
Narrativo, 41, 61
Neologismo, 120
New criticism, 14
Nível de língua, 127
Novela, 32
Núcleo, 73, 75, 80, 86, 87, 88, 89, 90, 91, 92, 93, 94, 95, 96, 97, 148, 149

Personagens modeladas, 69
Personagens planas, 69
Personagens principais, 66, 67, 69, 99, 134
Personagens secundárias, 68, 69
Personificação, 125
Pistas, 148, 149
Pleonasmo, 126
Poética, 23
Poeticidade, 16
Pontuação, 127
Predicado, 21, 139
Predicados de base, 137
Preditivo, 113
Previsão, 129
Princesa, 20
Projecto, 130, 135
Prolepse, 26
Protagonista, 20

O

Objecto, 20, 161, 162, 163, 164, 165
Objecto mágico, 21
Objecto, 139
Obrigativo, 112
Obstáculo, 130, 131
Oponente, 161, 162, 163, 164, 165
Optativo, 112
Oxímoro, 125

P

Pai, 20
Paradigmático, 99, 125
Paralelismo, 126, 127, 135
Paralepse, 26
Paralipse, 25
Participação, 137, 138, 140
Perceber, 139
Personagem, 58, 63, 82, 83, 90, 119, 121, 132, 134, 139, 141, 142, 146, 159, 160
Personagens ambientais, 68
Personagens de carácter, 69

Q

Quiasmo, 123, 124

R

Realização, 129, 131
Receptor, 55, 58, 61, 109
Registos de palavras, 15
Regra da oposição, 138
Regra do passivo, 138
Regras de acção, 139
Repetições, 134
Resultado esperado, 129
Resultado frustrado, 129
Retórica, 71, 123
Romance, 32

S

Sarcasmo, 119
Semântica, 74
Sequência, 160
Ser e parecer, 138
Sinestesia, 124

Sistema de signos, 15
Sintagma, 154
Sintagmático, 73, 79
Subdeterminação, 16
Subliteratura, 146
Substantivação, 127
Substantivo, 66, 79, 86
Substantivos qualificativos, 67, 120
Sucessão, 129
Sujeito, 21, 139, 161, 162, 163, 164, 165
Sujeito-objecto, 159, 160
Supressão, 101

T

Tempo, 75
Tempo exterior, 84
Tempo físico, 75
Tempo do futuro, 107
Tempo interior, 84
Tempo do mundo comentado, 109
Tempo do mundo narrado, 109
Tempo do passado, 107
Tempo do presente, 107
Tempo psicológico, 75
Temporalidade, 15
Tempos comentativos, 109
Tempos narrativos, 109, 140
Tempos verbais, 107.
Terminologia cénica, 103, 104
Transferências pessoais de uma relação, 139
Tríade, 129, 131

U

Unidade mínima de texto, 17
Unidade mínima de significação, 19
Unidade narrativa, 72

V

Verbos, 79, 86
Visão «com», 141
Visão «de fora», 141
Visão «por detrás, 141

ÍNDICE GERAL

Apresentação 7

Introdução 11

   I — Antecedentes dos estudos linguísticos, ligados à literatura 13
   II — A intenção deste trabalho 25
   III — O Autor e a obra escolhida 31
   IV — A obra e as várias abordagens actuais do romance . 37
   V — A narrativa 41
   VI — História e discurso 43
   VII — Autor-Narrador 49
   VIII — O Narrador na diegese 51
   IX — O narratário na diegese 55
   X — Narrador-Narratário 57
   XI — As personagens 65
   XII — Análise estrutural ou bartheana 71

      a) *Descrição* 77
      b) *Indícios* 80
      c) *Catálises* 82
      d) *Informantes espácio-temporais* 84
      e) *Núcleos* 86

   XIII — As figuras na diegese 99
   XIV — Mistura de géneros 103
   XV — O estilo e o autor 107

      a) *Tempos verbais: seu emprego* 107
      b) *Os modos de Todorov* 112
      c) *Futuro e seu aspecto verbal* 114

   XVI — Análise estilística 117
   XVII — Figuras de retórica 123

XVIII — Outras análises 129
   a) *Claude Bremond* 129
   b) *Tzevetan Todorov* 133

XIX — Entrevista com o autor 145
XX — Conclusões 153
XXI — Teste de português — «fait-divers» 157
XXII — Apêndice — Análise greimasiana ou actancial . . . 159

Bibliografia 167
Índice de matérias 169
Índice geral 175

Execução gráfica
da
TIPOGRAFIA LOUSANENSE
Lousã   Janeiro/1982